S'EN ALLER

FRANCIS ROSE

S'en aller

roman

LEMÉAC

Ouvrage édité sous la direction
de Marie-Claude Fortin

Leméac Éditeur remercie le Conseil des arts du Canada, la Société de développement des entreprises culturelles du Québec (SODEC) et le Programme de crédit d'impôt pour l'édition de livres du Québec (Gestion SODEC) du soutien accordé à son programme de publication.

Financé par le gouvernement du Canada | Canadä

ISBN 978-2-7609-4743-6

© Copyright Ottawa 2016 par Leméac Éditeur
4609, rue D'Iberville, 1er étage, Montréal (Québec) H2H 2L9
Dépôt légal — Bibliothèque et Archives nationales du Québec, 2016

Mise en pages : Compomagny

Imprimé au Canada

Pour ma mère, Micheline Lanctôt,
et mon père, Hubert-Yves Rose

« Je n'existais pas, j'ai existé, je n'existe plus,
quelle importance ? »

Inscription d'inspiration stoïcienne sur les pierres tombales

PREMIÈRE PARTIE

I.

On s'était donné rendez-vous à l'église, dans l'est de la ville. Une grande église pleine de résonance et de repentir. Mon père avait choisi cet endroit de façon judicieuse et, à bien y penser, un peu prémonitoire. Comme s'il n'y aurait pas d'autre occasion d'en témoigner. Et à bon droit, il n'y en avait pas vraiment eu. Quand je suis entré, mon père était assis bien droit dans la première rangée, à droite de l'allée. Il n'y avait personne d'autre, à part les statues tout en larmes, avec leurs regards creux collés sur nous. Des odeurs d'encens flottaient dans l'air. En observant mon père de loin, au fond de la pièce, je me suis demandé un instant s'il n'avait pas rabaissé le prie-Dieu pour s'y agenouiller.

Ça faisait longtemps que je ne l'avais pas vu. Étrangement, je ne me souvenais plus de sa stature, de son visage, de ses épaules. Ses cheveux noirs, entre le gris et la cendre mouillée, descendaient le long de sa nuque. Une nuque froide et triste, poussiéreuse. Je ne sais pas s'il m'a entendu quand j'ai ouvert la grande porte en chêne, mais il ne s'est pas retourné. J'ai secoué mes bottes recouvertes de neige, puis j'ai ôté mon manteau. Son dos recourbé, turgide, montrait à quel point il était absorbé, comme une éponge au fond de la baignoire. Une baignoire en fonte avec des taches de bayou et des écailles d'émail comme celles des crocodiles. Je suis allé le rejoindre, en prenant mon temps. Il a sursauté quand je me suis assis près de lui.

— Y était temps que t'arrives.

— J'suis même pas cinq minutes en retard… À quoi tu pensais comme ça ?

— Tu m'embrasses pas ?

Il avait dit ça avec un sourire en patchwork sur le visage. Un sourire disloqué, pas vraiment à sa place. J'ai pensé aux autoportraits de Francis Bacon. Je lui ai tendu les joues, sa barbe piquait. J'ai baissé les yeux pour regarder mes mains, mes ongles étaient sales, je les ai reniflés ; le pouce, l'index, le majeur. Entre la rognure et la peau, dans la fissure. Une fragrance aquatique, mi-lichen, mi-oursin.

— Je m'excuse, j'devrais t'appeler plus souvent…

— Ou retourner mes appels. As-tu oublié que t'avais un père ?

— Mais non, j'suis occupé, c'est tout.

— T'as toujours été trop occupé.

Il m'a lâché des yeux et s'est mis à fixer l'autel devant lui. En silence.

Je n'avais rien à répondre à ses piques, j'ai simplement suivi son regard, tenté de voir ce qu'il voyait. Son esprit ne semblait jamais coïncider avec ce qu'il regardait. La lumière chaude de fin d'après-midi illuminait les vitraux derrière l'abside. Le chœur était encombré d'ornements vétustes et brillants, qui servaient seulement lors des cérémonies, et seulement dans les églises qui officiaient encore. Ça scintillait de partout, or et argent, orange et rouge, quelque part entre l'abondance et l'austérité, de quoi plonger dans la confusion des générations entières ; un désir vénal qu'auparavant le clergé faisait naître par la parure et qu'il fouettait ensuite avec des menaces de perdition. Mais bon, ça appartenait au passé, les liens spirituels s'étaient brisés, les lieux de prière se recyclaient en appartements de luxe ou en épiceries fines.

Mon père s'est levé pour allumer un lampion, puis s'est tourné vers moi, presque au ralenti.

— T'es passé chez le notaire?

— On part la chercher, toi pis moi.

La peau de son visage s'est tendue et lissée, comme si elle avait mué d'un coup.

— Voyons donc, c'est hors de question. On va prendre des arrangements avec les pompes funèbres, on va pas se taper toute la route...

— Non, on part la chercher le plus tôt possible.

— Elle aurait pas voulu ça comme ça. Non. J'ai des choses à faire ici, des rencontres, des corrections. J'ai des deadlines.

Des *deadlines*. Il n'aurait pas pu trouver mieux. Ses étudiants, son écriture surtout, avaient toujours passé avant sa famille. Ma mère s'était chargée de mon éducation, lui s'était chargé d'éduquer ses classes. Je l'ai regardé en silence pendant quelques secondes et je me suis retenu pour ne pas l'insulter. Sa main gauche s'agitait. Avec le bout de son majeur, il se tapait le gras de pouce de façon aléatoire, comme s'il marquait dans sa tête un rythme connu de lui seul. L'espace d'un instant, comme il était debout dans l'éclairage à contre-jour, j'ai cru voir un thuriféraire à sa première messe : nerveux, benêt et concentré, la soutane et l'encensoir en moins, l'âge et les rides en plus.

— Qu'est-ce t'en sais, tu lui parlais plus, à ma mère, plus vraiment...

— J'sais, c'est tout... Et, franchement, tu lui parlais pas plus, à ce que j'sache, à ta mère...

— C'est moi qui décide.

Il m'a regardé droit dans les yeux, ce qu'il n'avait pas fait depuis mon arrivée. Sa mâchoire s'est contractée sous sa barbe, sa paupière droite a cligné deux fois, rapidement, dans un soubresaut.

— Tu changeras pas...

— J'aime pas le changement, ça m'angoisse.

— Imbécile.

J'ai préféré ne pas répondre, j'avais encore assez de temps pour le convaincre que le voyage était inévitable. D'une absolue nécessité pour lui, pour moi, pour ma mère et pour la suite. On devait prendre la voiture, tous les deux, et partir pour le Nord, là où elle était morte, là où on avait glissé son corps dans un grand tiroir métallique, à température négative, pour ne pas qu'elle pourrisse. Ça ne pouvait pas se passer autrement. On monterait là-haut, on confirmerait ce qu'il y avait à confirmer, on la ferait incinérer et on repartirait avec les cendres. Je n'avais pas le choix et mon père ne l'aurait pas non plus.

— J'arrive toujours pas à comprendre ce qui s'est passé…

Sa voix m'a surpris comme si on m'avait toussé dans l'oreille. Une toux grasse et enfouie. Il était revenu s'asseoir à côté de moi.

— J'ai pas trop envie d'en parler.

Il a posé sa main sur ma cuisse et moi, un peu à retardement, à contrecœur aussi, j'ai posé ma main sur sa main.

— C'est correct.

Un silence, celui entre deux gouttes d'eau.

— M'aimes-tu?

Avec le temps, j'avais compris que c'était sa façon à lui de dire je t'aime. Son amour est interrogatif; il passe par et à travers celui qu'on éprouve pour lui, il s'y moule. Mon père est plagiaire de cœur. Encore une fois, je n'ai pas répondu. Je l'ai simplement regardé dans les yeux – des yeux de lézard fixes et insondables, d'un bleu vif – avant de tourner la tête.

Un vieil orgue Hammond était posté contre le mur, à gauche de l'autel. Je me suis levé subitement pour aller y jouer un morceau, me débarrassant ainsi de la main froide et tendue de mon père. Il fonctionnait encore, à part une touche de mi, dans les aigus. Mes

14

doigts m'ont guidé vers un blues de Son House, j'ai marmonné les paroles de *Death Letter Blues*. Je me connaissais cette voix qui déraille sous le poids de l'émotion, ou lorsque je profite du premier prétexte venu pour abuser d'un cocktail abrutissant de pilules, de drogues et d'alcool – afin de chasser l'angoisse ou l'ennui. J'ai toujours succombé malgré moi à ces plaisirs artificiels.

Trop souvent j'ai erré des nuits entières jusqu'à pas d'heure, errance certes, mais sans le caractère spirituel, sans le motif. Errance des mouches et des écureuils. Romantisme fastfood, vite fait vite consommé. Soirées pleines de drogues et de rencontres, rondes et infinies comme un cercle dont on longerait sans cesse la courbe sans s'en rendre compte, toujours à l'extérieur. Toutes ces soirées à m'assommer l'esprit avec des fantasmes d'aventurier ; une fuite ni vers l'avant ni vers l'arrière, en mode surplace. J'ai toujours ressenti le besoin de me sauver. Si ma mère avait su tout cela, toutes ces orgies, ces petits méfaits, ses yeux m'auraient dévoré, comme ceux du Saturne de Goya.

Mon père se tenait maintenant derrière moi, il chantait lui aussi. C'est avec ses cageots de lait remplis de disques que j'avais découvert la musique. Ses collections étaient rangées au sous-sol, numérotées et regroupées selon le style, l'époque, toujours par ordre alphabétique. Un programme que je devais respecter. Il fallait tout remettre en place, toujours. Si je laissais traîner quelque chose, si les disques n'étaient pas classés comme il le fallait, je le retrouvais affolé à tourner en rond avec les vinyles délinquants en main, ses bras fouettant l'air, baragouinant des insultes incompréhensibles à mi-voix. Je ne savais jamais s'il se parlait à lui-même ou à moi, mais je l'observais, planqué en haut de l'escalier, sur mes gardes. Il y avait quelque chose de vivant qui semblait prisonnier à l'intérieur de mon père, quelque chose de prédateur parfois coincé quelque part dans ses genoux, dans ses doigts, dans son ventre. Ça se promenait, ça s'agitait. Étrangement, il se calmait toujours aussi rapidement qu'il s'était énervé. Comme un éclair de chaleur dans la nuit de juillet.

Notre sous-sol sentait la tondeuse et le béton humide, mais j'avais fini par apprécier ces odeurs de remise. J'y descendais, mettais un disque, souvent du jazz ou du blues, et je me couchais par terre, sur la grande moquette fauve et poilue ; la même que je devais salir quelques années plus tard d'un orgasme en solitaire, inopiné et coupable, en pensant à ma gardienne de cette époque qui un soir avait dansé des hanches avec moi sur un morceau de Willie Dixon sans savoir qu'elle venait d'inspirer ma toute première éclaboussure. J'avais tellement honte, et pourtant je n'avais rien nettoyé. J'étais le seul à pouvoir repérer dans les poils du tapis ces petits croûtons blanchâtres qui semblaient me sourire et confirmer ma présence au monde, comme une preuve de mon existence sous la forme d'une tache, d'une souillure fondatrice. La voix de Bessie Smith me revient, lointaine, liquoreuse et coulante comme du caramel chaud.

J'écoutais *Me And My Gin* en boucle. Parfois, quand le disque arrivait à sa fin, je laissais l'aiguille tourner dans le vide du dernier sillon pour en entendre le grésillement sablonneux, caché quelque part dans les haut-parleurs. Ça me faisait l'effet d'une caresse, celle qu'on donne avec le bout des doigts. Des doigts discrets et timides. Je m'endormais souvent couché là sur le tapis, apaisé par la constance du bruit. J'ai toujours aimé les sons qui ne connaissent pas de fin. C'est l'assurance de la continuité, à savoir qu'il y aura toujours quelque chose pour la suite. La plupart du temps, c'est ma mère qui me trouvait ainsi allongé. Et elle me réveillait doucement, comme seules les mères savent le faire.

Mon père avait mis ses mains sur mes épaules de façon distraite. Elles s'étaient réchauffées. En fait, elles étaient brûlantes, lourdes comme des briques sortant à peine du four et qu'il aurait laissé tomber là. J'étais content qu'il se joigne à moi, malgré tout. J'ai toujours eu l'humeur primesautière d'un ballon de football qui bondit sur le sol. C'est peut-être, justement, la faute au passeur. On chantait en chœur, de nos voix pleines. Celle de mon père était grave, salée, pleine de tabac, une vraie voix de marin, même s'il n'avait jamais mis les pieds sur un bateau. On avait au moins ça en commun, la musique.

I got a letter this mornin', how do you reckon it read?
It said hurry, hurry, she is dead.
I grabbed up my suitcase, and took off down the road.
When I got there she was layin' on a coolin' board.

Nos voix occupaient toute l'église. Elles rebondissaient sur les murs de la nef, d'un côté puis de l'autre, suivant le rythme des accords plaqués, elles grossissaient comme une masse informe qui aurait envahi la totalité de l'espace.

I walked up right close, looked down in her face.

J'ai jeté un coup d'œil autour de moi. Étrangement, il semblait y avoir plus de lumière dans l'église, même si l'après-midi hivernal tirait sur sa fin. Une lumière jaune et mauve. J'ai croisé le regard de Marie, on aurait dit que ses yeux humides étincelaient. Ses bras m'apparaissaient maintenant plus ouverts, plus accueillants qu'à l'habitude. Ils bougeaient de façon à peine perceptible, comme si une brise légère les animait. La statue remuait, et j'étais de plus en plus agité. J'ai pensé à l'air de canicule chauffé par l'asphalte. J'étais l'ondulation de l'air et l'asphalte en même temps. Un mirage évanescent.

Je me donnais en spectacle, comme tant de fois auparavant. Une offrande. Marie ondoyait avec la grâce d'une danseuse. Oui, Marie dansait, Joseph et Jésus aussi. Une odeur d'étable me piquait les narines, j'ai cru entendre le bêlement d'un mouton, quelque part dans l'église, c'était peut-être mon père. J'étais confus, fiévreux même. Mon cœur palpitait, tout allait vite, un grand tourbillon de sons, de voix, de mouvements. Je me suis concentré sur mes doigts, mais ils ne m'appartenaient plus. On aurait dit des sauterelles bondissant sur les touches du clavier. Je ne sentais plus le poids des mains de mon père sur mes épaules. Je me suis retourné, il n'était plus là.

The blues came along and drove my spirit away.

J'ai levé les yeux : il lévitait maintenant au-dessus de moi avec Marie et les autres. Ils se tortillaient et chantaient tous les trois, ça résonnait si fort que les murs tremblaient. La poussière que j'avais remarquée plus tôt sur la nuque de mon père tombait lentement comme des fleurs de coton emportées par le vent. Plus la poussière tombait, plus mon père se secouait. Là-haut dans les airs, il était beau et fort. La silhouette d'une grande femme noire a surgi devant moi, élancée, maigre et malade. Elle était penchée dans les champs, au-delà des murs de l'église, loin derrière. Son corps formait un arc dont la courbure s'étirait à l'infini, à travers le temps. Elle me regardait en riant, de ses dents incroyablement blanches. J'étais effrayé, mais je continuais à jouer. Je ne chantais plus, je hurlais.

I didn't know I loved her 'til they damn laid her down.
Lord, have mercy on my wicked soul.

Puis j'ai éclaté ; des sanglots que je ne me reconnaissais pas, comme s'ils venaient d'ailleurs, aigus et bruyants. De nouveau, les mains de mon père ont pesé sur mon dos. Elles étaient immobiles, redevenues froides et tendues. Comme tout le reste.

II.

J'ai besoin des mots, des mots comme des images fixes. Qui ne bougeront plus jamais, derrière lesquels je peux m'abriter, sur lesquels je peux m'appuyer, des pans entiers de mur en béton armé. La mémoire n'est qu'une série de petites disparitions. Son visage, il était bleu, violacé, peut-être même argenté? Paisible? Soulagé? Et ses lèvres, il y avait un sourire dessus? Des regrets? J'essaie de la voir, de lui donner la mort. M'en faire une dernière image comme certains magasinent les cercueils et les urnes.

Si je ferme les yeux, je peux encore voir les chiffres rouges – qui à ce moment-là clignotaient dans la noirceur sur le cadran numérique – s'imprimer par saccades sur le fond orange et noir, grumeleux, de l'intérieur de mes paupières. Il était exactement 4 heures 37 quand j'ai appris la nouvelle. Je ne dormais pas, je somnolais, j'arrivais d'un concert pas trop réussi et j'étais complètement défoncé. On avait eu des problèmes entre les chansons, elles s'étaient mal enchaînées, le spectacle avait été encombré et raboteux.

Ils m'avaient appelé tard dans la nuit, peut-être que le soleil s'était déjà levé pour eux, peut-être qu'ils avaient hésité avant de composer mon numéro, ou non. Je me demande encore aujourd'hui combien de temps il y a eu entre la sonnerie de là-bas et la sonnerie d'ici. Combien de temps entre sa mort dans l'intimité et sa mort avec les autres? J'ai répondu après trois coups. Je dis *ils*, mais ç'aurait pu être *elles*, au singulier ou au pluriel, peu importe, ç'aurait pu être moi aussi ; la voix au bout du fil était indistincte et monochrome ; couleur de boue, fin de mars. Un peu nasillarde et pincée.

Une patrouille de la Sûreté du Québec avait été alertée, quelqu'un avait croisé en passant par là une voiture rangée dans la voie d'accotement, trois heures passé Baie-Comeau, sur la 389. La portière côté conducteur était ouverte. Il y avait des traces de pas dans la neige, des traces d'animaux aussi. Les policiers les avaient suivies sur plusieurs kilomètres avant de trouver le corps de ma mère couché sur son flanc gauche, recroquevillé sur lui-même, tout petit dans son manteau et partiellement couvert d'une fine couche de neige.

On l'avait transportée à l'hôpital Le Royer, de Baie-Comeau. Le médecin légiste avait confirmé son décès par hypothermie, on m'avait ensuite appelé pour m'annoncer qu'elle était morte. La voix à l'autre bout du fil – étouffée par les cliquetis électroniques d'une mauvaise communication interurbaine – me débitait entre deux toussotements secs les différentes options pour récupérer le corps. Les procédures, point par point. On avait transporté le corps de ma mère de la morgue au salon funéraire l'Envol, où il avait été entreposé en attendant la suite des démarches. J'écoutais à moitié, plus préoccupé par le fil du combiné que j'entortillais autour de mon index et le flux bourgogne qui en envahissait l'extrémité.

Je prenais des notes, incapable de relier les informations reçues aux mots gribouillés à l'intérieur d'un paquet de cigarettes vide. Après avoir remercié la voix, j'ai finalement raccroché. Je suis resté un instant, ou peut-être longtemps (je ne m'en souviens plus très bien) assis sur le bord du lit, à regarder par la fenêtre. Dehors la neige tombait lentement, silencieuse, pas pressée du tout. De gros flocons duveteux et nonchalants. Les mêmes qui avaient dû recouvrir son corps quand ma mère s'était allongée, trop épuisée pour continuer.

Je me suis frotté les yeux vigoureusement et me suis levé d'un bond. J'avais chaud et soif. Charlie ne s'était pas réveillée. Elle était allongée sur le côté, un oreiller entre les jambes, une main sur l'oreille, la bouche légèrement ouverte. Elle avait de belles dents, toutes droites, bien alignées. Les draps lui arrivaient juste au-dessus des fesses. Dans la pénombre de la pièce faiblement éclairée par les réverbères de la ruelle, son dos prenait une couleur de terre cuite, un peu brûlée. Il faut dire qu'elle avait le teint naturellement basané, peu importe la saison. Étendue là dans notre lit, elle était belle et racée comme une prêtresse égyptienne.

En la regardant, j'ai vu les pyramides, je suis passé par les routes du Cambodge jusqu'aux toits de tuiles rouges des maisons méditerranéennes. Une envie de partir montait en moi, quelque chose comme un ballon se gonflait puis se relâchait dans mon estomac, de plus en plus volumineux. J'avais le souffle court et j'ai essayé de me calmer en me penchant pour l'embrasser. Je voulais m'allonger près d'elle pour la prendre dans mes bras, une envie urgente, soudaine, mais je me suis retenu. Elle a grogné au contact de mes lèvres sur sa joue.

Une fois dans la cuisine, j'ai descendu un grand verre d'eau froide, puis je me suis assis en tailleur sur la table. Mauvaise habitude que j'avais gardée de mon enfance. Quand ma mère cuisinait, probablement pour être à la même hauteur qu'elle, je venais l'observer, assis dans cette position sur le comptoir. Elle m'empêchait toujours de le faire et elle me claquait la tête du revers de la main, plusieurs fois d'affilée, quoique doucement, jusqu'à ce que je m'asseye sur une chaise. Comme les gens civilisés, qu'elle disait. Ça m'était revenu d'un coup, pareil à un ancien numéro de téléphone qu'on pense avoir oublié.

Étrangement, le corps de Charlie, au repos sur le matelas, m'avait plus ému que l'image du corps de ma mère inanimé dans la neige. Et pourtant, la peau de Charlie, elle était là : vivante, ondulante, suivant le rythme de sa respiration apaisée. Le contraste entre ces deux images me gênait; l'idée que je puisse les comparer aussi naïvement qu'on le ferait avec deux billes tirées du même sac me plongeait dans une profonde tristesse et me faisait enfler la gorge de honte.

C'est difficile à expliquer, ça ressemble aux secondes que dure un accident comme celui que j'avais eu au Vietnam, à motocyclette, sur une route de sable passé Nha Trang. J'avais mis les freins avant de façon brusque, pour éviter un amas de déchets. J'avais perdu le contrôle et glissé sous la moto sur une dizaine de mètres. Le temps s'était suspendu; mon épaule se déchirait en lambeaux contre la terre et les cailloux, la peau s'effilait comme des morceaux de parmesan sous la râpe.

La dizaine de mètres s'était étirée sur des kilomètres, et j'avais pu voir le sang, le poil, la terre, les saletés et les gravillons se mélanger aux tissus de l'hypoderme mis à nu. Je voyais tout, au quadruple, au centuple, très vite et très lentement à la fois. Le châssis de la motocyclette réverbérait les éclats du soleil et, dans la lumière crue et blanche de midi, ces images de peau lacérée avaient défilé devant mes yeux comme sous l'effet magnifiant d'une loupe, en détail, limpides, d'une clarté éblouissante. Pourtant je n'avais rien ressenti, absolument rien. Aucune douleur, rien du tout. Tout s'était passé devant moi, autour de moi, à l'extérieur de moi.

Là, tôt le matin, alors que tout le monde dormait encore, ma mère morte n'avait guère plus de réalité : elle n'était qu'un son, le combiné d'un téléphone, une série d'images, un flot de paroles prononcées par une voix inconnue qui prenait son temps pour devenir la mienne. Ça déboulait dans ma tête, ça cognait dans mes tempes ; on aurait dit le martèlement des tambours romains qui font garder le rythme aux rameurs enchaînés sur les ponts des galères. J'avais besoin de réfléchir, j'ai allumé une cigarette.

Qu'est-ce qui avait attiré son regard ? Avait-elle suivi des traces d'animaux ? Pourquoi était-elle sortie de la voiture ? Qu'est-ce qui l'avait poussée à agir ainsi ? Je n'arrivais pas à comprendre. Je me suis levé pour fouiller le frigo à la recherche d'une bière, mais il n'y en avait plus. J'ai sorti une bouteille de gin presque vide du congélateur et pris une gorgée avant d'aller me rasseoir sur la table. Avec le temps, je m'étais éloigné de ma mère. Aussitôt arrivée la puberté en fait, si je me souviens bien. Pour aucune raison, pas pour m'émanciper, encore moins pour me rebeller, tout simplement parce que j'avais d'autres préoccupations plus importantes, je crois.

Depuis que j'avais quitté la maison, on se parlait quelques fois par mois, on se posait des questions de circonstance, il y avait cette distance tiède et molle entre nous deux, presque légère, qui ne semblait déranger ni elle ni moi. Si c'était le cas, elle ne laissait rien paraître. À bien y penser, il y avait toujours eu cette distance entre elle et moi. On savait peu de choses l'un sur l'autre, unis par un lien filial dans tout ce qu'il a de sanguin et d'inconditionnel, se suffisant à lui-même. Ma mère avait choisi les abords du lac de la Cache, comme les éléphants, d'après la légende, se choisissent un coin de savane quand vient le temps de mourir. Sa vie s'était achevée ainsi, en trois petits points de suspension, semblables aux traces qu'avaient creusées ses bottes dans la neige… Insondable pourquoi : Ma mère avait été et resterait un mystère.

Alors que j'en étais là, à essayer de démêler les sentiments qui se livraient bataille en moi, un chien s'était mis à aboyer dehors. Ses jappements gutturaux (on lui avait sûrement coupé les cordes vocales) avaient réveillé des souvenirs de mon séjour à New York. À cette époque, je fréquentais une fille de là-bas, serveuse dans un bar de Williamsburg, à Brooklyn. On s'était rencontrés à la sortie d'un concert auquel on avait assisté tous les deux, j'y étais retourné chaque fin de semaine pendant plusieurs mois jusqu'à l'essoufflement de notre relation, laquelle s'était terminée sans remous.

Un soir, après la fermeture des bars, on avait suivi les quelques personnes qui flânaient devant l'endroit où on avait bu toute la soirée. On s'était retrouvés chez un artiste de rue, propriétaire d'un immeuble de lofts sur trois étages. Emportée par un redoux printanier, la ville s'était tout juste libérée de son carcan de glace et cette renaissance semblait exalter les gens, nous compris. On fumait des cigarettes, assis sur le trottoir, finissant les quelques canettes de bière qu'on avait subtilisées sous nos manteaux – on les avait remplies avec les restants des boissons qui traînaient sur les tables – quand l'artiste, au volant d'une Chevrolet Impala, d'un signe de la main vague et mécanique comme l'aurait fait le chauffeur d'un char allégorique vers la fin d'une parade de la Saint-Jean, nous avait invités à monter. Nous et quatre autres flâneurs qui s'attardaient sur les lieux.

Entassés sur la banquette arrière comme des porcs dans la remorque d'un éleveur, probablement aussi puants et insouciants qu'eux, on roulait dans les rues de Brooklyn. Toutes les vitres étaient ouvertes. L'artiste avait fait jouer le premier album de Led Zeppelin à plein volume durant tout le trajet. Je l'avais regardé chanter, battant la mesure à pleines mains sur le volant comme s'il claquait les fesses d'une femme de façon grossière. Sa chevelure blonde, assez longue, se soulevait avec grâce dans le vent comme une cape de superhéros brillante et fine.

On aurait dit que sa voiture était une scène, une grande salle où il se donnait en spectacle, et c'était difficile de savoir s'il le faisait pour lui-même ou pour nous. L'artiste était complètement absorbé par la représentation qu'il donnait de lui-même; c'était tout son être qu'il donnait à voir, comme réfracté par un prisme optique éblouissant, et il nous le servait tel un grand maître de cérémonie. Quand ma vision n'était pas obstruée par un bras, une jambe ou une tête, je pouvais voir sa lèvre supérieure se retrousser, laissant apparaître ses gencives roses et ses petites dents pointues. Sa voix, contrairement à celle de Robert Plant, quoique aussi haute, était claire et pas du tout écorchée. Maintenant que j'y pense, je ne me souviens plus de son nom. Je crois qu'on ne s'était tout simplement jamais présentés. Après une vingtaine de minutes, on était arrivés chez lui.

Il tenait, au premier étage, un magasin pour graffiteurs et skateurs. Toute une sélection de vêtements punks, de planches à roulettes, de vinyles (essentiellement du rock), de masques à gaz, de bombes de peinture et de marqueurs de toutes les couleurs. La boutique donnait sur une cour intérieure et les quatre murs qui l'entouraient, hauts d'une dizaine de mètres, étaient recouverts de graffitis signés par l'artiste. Variations sur un même thème: le désordre. Surtout des scènes d'émeutes, d'une violence grivoise et juvénile. Elles étaient étonnamment précises et détaillées.

Quand on était entrés, trois chiens – deux pitbulls et une bâtarde – nous avaient accueillis. L'artiste s'était jeté par terre et s'était mis à jouer avec ses bêtes. Il rigolait comme un enfant, se tiraillait avec eux, criait.

Il était couché à plat ventre, ses jambes relevées ruaient dans tous les sens et ses chiens, excités et écumants, essayaient de les mordre. Pendant un moment, on avait cessé d'exister. On le regardait faire, tous les six, dans le silence. Un silence un peu lourd. L'artiste s'était relevé et, reprenant son souffle, il nous les avait présentés : Iggy, Dionysos et Aoide. Des noms que je trouvais ridicules, mais apparemment l'artiste adorait les Stooges et la mythologie grecque.

Au deuxième étage, un groupe de musique jouait du garage criard et assourdissant, mais on ne s'était pas mêlés à la fête, l'artiste, ma copine et moi. Il y avait à peine de la place pour respirer et je n'avais pas envie de traverser une mer de gens à moitié nus et dégoulinants de sueur pour me rendre au bar. On était montés sur le toit tous les trois, avec les chiens et une bouteille de cognac.

La vue était magnifique. Tout Manhattan se dressait devant nous et ses gratte-ciels tanguaient dans la lumière bleue et jaune. Vue à travers le brouillard de notre état d'ébriété avancé, on aurait dit la nuit étoilée de Van Gogh, en version contemporaine. Assis sur la rambarde, les pieds dans le vide, je les écoutais parler d'art. En fait c'était un monologue qu'ils s'échangeaient à tour de rôle et la forme, théâtrale et un brin trop ressentie, l'emportait sur le fond.

Aoide était venue se coucher près de moi et elle avait posé sa tête rousse sur mes genoux. Tout en la caressant, je l'entourais de mes bras afin qu'elle ne tombe pas du toit. Son pelage était gras. Je l'avais entraînée plus loin pour lui lancer une bouteille de plastique qu'elle me rapportait, docile et contente.

La discussion entre l'artiste et ma copine s'était aggravée. Lui gesticulait et elle, le visage cramoisi, donnait des coups de poing sur la rambarde pour souligner ses propos. Aoide me fixait d'un regard bizarre, insistant. Un moment j'ai cru qu'elle parlerait, elle semblait vouloir me dire quelque chose, ses yeux brillaient. Puis elle s'était mise à courir vers son maître et avait sauté. D'un bond, sans hésitation.

L'impact de son corps sur l'asphalte en bas avait fait le bruit d'un coup de grosse caisse mat, mélangé à celui que font les brindilles sèches quand on les casse pour les jeter au feu. Elle s'était relevée, avait gémi, fait quelques pas vacillants, puis s'était effondrée dans le rond de lumière d'un lampadaire, comme pour s'assurer qu'on puisse bien la voir.

Aoide s'était relâchée, elle gisait dans une flaque d'urine, de sang et d'excréments. Elle haletait. Un os fracturé, une côte probablement, perçait à travers la peau de son ventre, à la hauteur des poumons. Sa langue, semblable à une tranche de foie, pendouillait entre ses dents. Tout ce qui lui restait de vie était condensé dans cette langue ; muscle relâché, mais encore terriblement vivant, qui refusait d'abdiquer, et d'où s'échappaient de légers nuages de vapeur à chaque expiration.

Elle nous regardait d'en bas, et cette langue pleine de vie détonnait avec le reste de son corps mutilé. L'artiste pleurait, on était les trois en haut, impuissants, à crier tous en chœur.

— Good girl, don't die Aoide, don't die, you're a good girl...

— Don't die...

— Stay with us, Aoide.

C'était grotesque. Sordide et triste. Trois poètes hystériques invoquant la muse qui se mourait.

La chienne savait pourtant ce qui l'attendait au-delà de la rambarde. Elle avait vu le vide. Pourquoi avait-elle sauté ? D'où ça lui était venu ? Une pulsion comme ces gens qui se suicident sans avertissement, sans laisser un mot. Et ma mère, elle s'était relâchée quand elle avait expiré ? Avait-elle souillé son pantalon ? Pourquoi avait-elle fait cela ? J'aurais dû être triste, mais j'étais en colère. Et rempli d'une culpabilité dont je ne pouvais pas déterminer l'origine.

*

En retournant vers la chambre à coucher, j'ai entendu du bruit dans la salle de bains. L'eau du robinet coulait, Charlie s'était réveillée. Je suis entré et me suis assis sur le siège de la cuvette. J'ai attendu qu'elle ait terminé.

— Ça va ?

— Bof, j'sais pas ce que j'ai, me sens vraiment pas bien.

— J'ai reçu un appel tantôt, t'as entendu ?

— Non, pourquoi ?

J'avais la bouche sèche, je me suis gratté l'arrière de la tête avant de tout lui dire. Je pensais que l'émotion allait faire dérailler ma voix, mais c'est sorti d'un coup, comme un discours qui ne m'appartenait pas, ou plus, écrit par quelqu'un d'autre, prononcé par quelqu'un d'autre, par la voix à l'autre bout du fil.

— Ma mère est morte, y l'ont trouvée gelée. Au nord de Baie-Comeau, elle a laissé son char sur le bord de la route, y l'ont trouvée plus loin dans la neige, sur le bord d'un lac. On sait pas pourquoi...

Je me suis interrompu un instant, bien que cela m'apparaissait désormais comme une évidence.

— En fait, j'crois qu'elle s'est suicidée.

Les yeux de Charlie se sont embués. Elle s'est avancée vers moi, a pris ma tête entre ses mains et l'a approchée de son ventre, tout doucement. Ça sentait bon la mangue et la lessive. Je crois même qu'elle sifflait la mélodie d'une chanson entre ses dents. *What a wonderful world.*

III.

Le notaire nous jaugeait en silence derrière ses
lunettes dont la monture extravagante détonnait dans
la sobriété austère de son bureau. Charlie avait tenu
à m'accompagner. Tout était bien rangé, en ordre.
Hormis les diplômes encadrés et la petite bibliothèque
fixée au mur derrière lui, qui contenait quelques
ouvrages pratiques en lien avec son métier, il n'y
avait rien : un bureau, deux chaises en cuir lui faisant
face, le tout fondu dans un décor feutré, gris et vert,
dont l'éclairage tamisé se voulait chaleureux sans y
parvenir. Ses affreuses lunettes accaparaient mon
attention. Je ne pensais qu'à les lui arracher pour les
jeter à la poubelle. Ses verres correcteurs élargissaient
démesurément ses yeux, ils étaient enchâssés dans une
monture en acier inoxydable à motifs fleuris. Le notaire
n'était pas très séduisant, et ses yeux n'exprimaient
aucune compassion. L'écoutant discourir d'une
oreille, je décortiquais du regard ses lunettes et je me
disais qu'elles étaient probablement la seule touche
d'originalité qu'il se permettait pour égayer sa vie.

 Le dos voûté, le notaire était recroquevillé sur ses
dossiers, on aurait dit le Glenn Gould des juristes. Ses
petits bras de tyrannosaure fouillaient la paperasse
concernant ma mère. Parfois, il se léchait le bout des
doigts avant de soulever une feuille, il nous lisait les
secrets et les formalités qu'elle contenait d'une voix
monocorde. Aucune explication, la totalité des biens
de ma mère me revenait, voilà tout. Sa famille était

peu nombreuse et ses quelques parents encore en vie avaient été évincés de son testament. Je ne crois pas qu'elle les fréquentait encore. Du plus loin que je me souvienne, il n'avait jamais été question que de mon père, de ma mère et de moi, aux fêtes comme aux vacances.

Avant que mon père ne quitte la maison, nos vacances, la plupart du temps, on les passait en Virginie. On roulait d'un trait la quinzaine d'heures qui nous séparaient du sable et de la mer, à l'aller comme au retour. Et on passait deux ou trois semaines à déambuler sur les longues plages désertes de Chincoteague. Que ce soit en ville ou sur le bord de l'eau, mon père marchait toujours quelques mètres devant nous, il prenait son temps pour nous répondre quand on l'interpelait, ou feignait de ne pas nous avoir entendus. Comme si on le dérangeait, comme si à chacune de nos sollicitations, on jetait des filets sur les volées de pensées qui erraient dans sa tête pour les contenir. Ce n'est pas qu'il avait honte de nous, qu'il ne nous aimait pas ou qu'on lui pesait. Être père de famille, mais surtout que cela soit son rôle principal à jouer dans l'existence, ça ne cadrait pas avec l'image qu'il avait de lui-même. Mon père s'acharnait à s'élever au-dessus de cette réalité. Il ne voulait pas être perçu de cette façon – par qui et pourquoi, par contre, je n'en sais rien. Du moins, c'est ce que j'avais longtemps pensé.

Peut-être qu'en réalité mon père était simplement distrait, captivé par les textes sur lesquels il travaillait ou les cours qu'il donnerait à la rentrée, visualisant l'auditorium comme le danseur ou l'acteur appréhende la scène. Je peux encore le voir lever les bras vers le soleil, ou désigner les vagues et parler à voix basse, l'arrière de son crâne semblable à un grand visage poilu, hoquetant, impénétrable, alors qu'il s'adressait aux roseaux sur la berge, aux coquillages échoués dans les galets, à tout sauf à nous. Mon père n'avait pas l'air d'apprécier ce temps passé en famille, et pourtant c'est lui qui organisait nos vacances, chaque été. Il était toujours silencieux, toujours ailleurs, jamais vraiment là. Très tôt le matin, mon père se levait pour écrire, et cela jusqu'en début d'après-midi, puis il nous rejoignait à la plage ou au restaurant.

Une fois, à l'aube, vers la fin d'un de nos séjours, il était venu me réveiller. Il faisait encore noir, et je distinguais mal son visage. Ses pupilles étaient complètement dilatées, deux trente-trois tours luisants, on aurait même dit qu'ils tournaient. Deux spirales névrotiques en train de m'aspirer.

— Viens, lève-toi, on s'en va pêcher le crabe, allez, grouille, on va s'faire un festin, j'ai trouvé un endroit parfait, une vraie mine d'or, c'est l'heure parfaite, mets tes culottes... Grouille !

— Attends, p'pa...

Tout en se perdant en conjectures sur les crustacés et la méthode infaillible pour les pêcher, il m'avait pris par les épaules et me ballottait dans tous les sens, comme un enfant excité agite ses cadeaux pour deviner ce qu'ils recèlent.

Le temps que je sorte de ma torpeur et que je m'habille, il m'attendait déjà sur le perron du guest house, prêt à y aller, impatient, un seau et un filet dans les mains. On avait marché très vite, quasiment couru jusqu'à la fameuse jetée dont il m'avait parlé : il s'agissait d'une étroite bande de rochers empilés qui s'étirait sur une centaine de mètres dans la mer. Il s'entretenait avec lui-même et m'intégrait par-ci par-là dans sa discussion, comme un pion qu'il suffisait de déplacer de manière aléatoire sur un échiquier.

Après avoir sauté de roche en roche sur la jetée, on avait atteint l'endroit qu'il m'avait désigné alors qu'on était toujours sur la plage. On avait laissé sombrer le filet dans l'eau. Mon père avait effiloché les restants d'un poisson et avait laissé tomber de petits morceaux de chair dans les mailles. Un à un, les crabes étaient sortis de leurs cachettes et s'étaient aventurés dans le piège tendu, appâtés par les miettes de charogne. Quand il y en avait eu assez, on avait soulevé le filet d'un coup sec et on avait recommencé le manège. Mon père avait continué, inlassablement, même si le seau était plein. Il avait repêché un crabe dans le seau et l'agitait sous mon nez en le tâtant du bout des doigts.

— En ce moment, y muent, c'est la saison, tu vois, leur carapace est molle et tendre, j'sais qu'y sont petits, mais c'est mieux comme ça, on les fait frire entiers pis on les mange comme des petites bouchées, j'vais préparer une mayonnaise, c'est délicieux, tu vas aimer ça j'suis sûr...

Je ne pense pas que mon père était un fin connaisseur, ni qu'il disait la vérité sur la façon dont on devait apprêter des crabes de cette taille, mais il m'apparaissait si convaincu que je l'écoutais en approuvant d'un sourire timide, content de pouvoir partager ce moment avec lui.

Le soleil commençait à poindre derrière l'horizon et découpait la mer houleuse en tranches floues et mouvantes de rouge, de jaune et de bleu. Les mêmes couleurs, presque les mêmes touches qu'avait utilisées Monet pour sa série sur le Parlement de Londres. Des pélicans bruns planaient au-dessus de nos têtes, certains manœuvraient des descentes gracieuses en piqué, les ailes en forme de flèche, pour ensuite remonter de la vague dans laquelle ils s'étaient précipités, une alose ou un bar rayé dans le bec. Pendant que je les observais, sans m'avertir, sans plus faire cas de ma personne, mon père avait largué son filet, s'était levé, déshabillé, et avait plongé dans la mer.

Je distinguais son corps nu et blanc juste en dessous, translucide comme une méduse embrouillée qui s'agitait paisiblement entre deux eaux. Il m'invitait à le rejoindre. Il avait déjà recommencé à nager quand j'avais plongé à mon tour. L'eau était froide, le va-et-vient des vagues m'aveuglait et le sel me piquait les yeux, je discernais mal mon père, déjà loin devant. Je nageais maladroitement, essayant de le rejoindre, et j'entendais son rire quand il se retournait pour voir où j'étais rendu.

— Plus vite! Tes cours de natation sont déjà si loin qu'ça?! Viens-t'en… grouille!

Et mon père s'éclipsait, sans jamais prendre la peine de m'attendre. Dès que je me rapprochais de lui, il repartait à la brasse, sans cesser de rire.

Sous les éclats du soleil matinal, ses cheveux noirs et épais scintillaient comme une balise flottante balancée par la houle. D'une brasse vigoureuse, il s'éloignait toujours plus. Je me rappelle à ce moment m'être mis à paniquer; et la digue et mon père me semblaient se trouver à des kilomètres d'où j'étais. J'avais beau brailler, j'avais beau beugler «attends-moi», mon père ne m'entendait plus. Je ne pouvais plus continuer, je devenais de plus en plus viscéralement conscient du vide au-dessus et au-dessous de moi, du gouffre aquatique sous mes pieds, de l'étendue noire au-delà des nuages; grain de sable sur la plage, goutte d'eau dans l'océan, syndrome du microscopique, atome anxiogène, terreur de la particule élémentaire. J'avais du mal à respirer.

À bout de souffle, j'avais rebroussé chemin pour retourner m'échouer sur la digue, là où on avait laissé nos effets de pêche. J'avais honte, je grelottais. Mon sexe s'était ratatiné, un têtard à peine sorti de sa ponte gélatineuse, on aurait dit qu'il cherchait à disparaître. Je m'étais rhabillé en vitesse. J'avais donné un coup de pied dans le seau. La plupart des crabes étaient repartis se cacher sous les roches. J'avais aussitôt regretté ce geste impulsif mais, somme toute, inoffensif.

Mon père n'était plus qu'un tout petit point noir que les vagues éclipsaient de temps à autre, au large. J'avais crié longtemps, inutilement, pour qu'il revienne et j'avais dû attendre un bon moment avant de le voir réapparaître. Il était sorti de l'eau, son corps ruisselant, estampillé de frissons et contracté de partout par l'exercice, un sourire étrange sur les lèvres. Il soufflait à peine, il me dévisageait en silence. Je soutenais son regard. Pourquoi était-il allé nager aussi loin ? Pour prouver quoi au juste ? Pour me tester, comme il avait l'habitude de le faire ? Pour braver la mort ?

— Pourquoi tu m'as pas suivi ? Faut aller jusqu'au bout...

— J'voulais pas, j'sais pas... qu'on se fasse voler nos crabes.

— ... Sont passés où ?

— Le seau était renversé quand j'suis revenu.

Il n'avait rien répondu, il s'était contenté de se retourner vers la mer. Debout bien droit, face au vent, il retroussait sa lèvre supérieure sur laquelle il passait sa langue pendant qu'il enfouissait son nez dans sa moustache. Les poils sur ses bras s'étaient hérissés. Hypnotisé par le paysage, mon père semblait perdu. L'enthousiasme fébrile qui l'avait animé plus tôt s'était dissout dans l'eau salée. Après avoir remis son pantalon, il avait ébouriffé mes cheveux.

— C'pas grave.

J'avais reculé la tête avec gaucherie, puis il s'était penché pour ramasser le seau qu'il avait ensuite renversé dans l'eau. Pendant qu'il était accroupi, je lui avais donné un coup de pied au cul. Je n'avais pas pu résister. Il s'était relevé rapidement et s'était tourné vers moi. J'avais essayé de le pousser, mais il n'avait pas bronché. Je m'étais mis à cogner avec mes deux poings dans son ventre. Son abdomen était dur et se contractait à chaque assaut. Mes jointures contre sa peau émettaient un claquement sec et sourd. Mon père s'était contenté de m'étreindre comme le font les boxeurs exténués tout en m'empoignant la nuque. Il me serrait le cou, là où les nerfs sont sensibles, avec son pouce et son index, et me pressait si fort contre lui que j'en avais la tête qui tournait. On était restés longtemps dans cette posture jusqu'à ce que je me calme, bizarrement enlacés, à tourner sur nous-mêmes comme si on dansait, et je ne saurais dire si ça avait été de sa part un geste de brutalité ou d'affection.

En remontant les dunes pour rejoindre la route, on avait croisé des chevaux sauvages. Il devait être près de dix heures et ils étaient attroupés sur l'asphalte que le soleil réchauffait. Ma mère était sûrement déjà levée. On les guettait, silencieux, approchant lentement pour ne pas les effrayer. L'un deux s'était écarté du troupeau et s'était mis à avancer dans notre direction, curieux. Il s'était hasardé assez près, attiré par la touffe d'herbe dans ma main, mais je n'avais pas réussi à le caresser, et il était retourné auprès des siens. Je l'avais à peine frôlé, du bout des doigts. Tout de même, j'avais levé les yeux vers mon père. J'avais refusé de le regarder depuis l'épisode de la digue, toujours en colère contre lui.

Ses yeux luisaient encore, mais cette fois, pas du tout comme ceux qui m'avaient réveillé. Rapidement, cette moue que je ne lui connaissais pas s'était estompée, chassée par deux ou trois clignements, une légère altération de l'iris, indigo à bleu gris, et nous avions repris notre chemin jusqu'au guest house. Le regard de mon père était redevenu brumeux, à des kilomètres, inaccessible.

*

— Votre mère désire être incinérée. Elle souhaite que ses cendres soient répandues dans son potager… On vous attend à l'Envol.

— Quoi?

— Ce sont là ses dernières volontés.

Un instant j'ai eu envie de prendre le coupe-papier qui traînait sur son bureau pour le lui planter dans la gorge. Je pouvais voir ma main se glisser jusqu'à la pièce à conviction qui servirait à m'incriminer, elle portait un coup vif et habile, la pointe transperçait la peau et se logeait quelque part dans son œsophage, le notaire continuant de jacasser, surpris, les yeux ronds, le regard abruti, comme une poule qu'on vient de décapiter.

— C'est tout?

— En gros oui, je crois avoir tout couvert.

— Très bien… Merci pour tout.

— C'est moi qui vous remercie pour votre patience… Ce n'est jamais facile, cette étape-ci en particulier, encore toutes mes condoléances.

Il avait dit ça alors qu'il tapotait mollement sa paperasse sur la surface de son bureau pour en réaligner les feuilles. Après avoir signé tous les documents, réglé les frais, Charlie et moi, on a quitté le bureau du notaire. J'espérais ne pas avoir à y revenir.

Dans la voiture, on a été peu bavards. Charlie était sur le point de s'assoupir, tout en se mordillant la lèvre inférieure. Je suis allé la déposer à l'appartement et avant de reprendre la route, je lui ai offert de venir avec moi. Elle a refusé, elle ne pouvait pas prendre congé de son travail. Ça m'inquiétait de la laisser seule, mais je n'ai pas insisté. Au fond ça m'arrangeait; il fallait que je règle tout cela par moi-même. Je ne voulais pas le lui imposer. Il me restait quelques trucs à vérifier avant de partir pour le Nord. Peut-être que ma mère m'avait laissé un indice, une lettre, une phrase, un mot... Enfin, quelque chose pour m'éclairer.

IV.

Pour s'y rendre, on devait quitter la 10, rouler sur de nombreuses routes secondaires qui nous éloignaient un peu plus de la ville à chaque tournant et emprunter un chemin de terre cahoteux qui s'enfonçait dans la forêt. Un voisin, son homme à tout faire, toujours disponible pour un coup de main (y avait-il quelque chose entre eux?), venait déneiger quand il y avait une bordée. Comme l'hiver était plutôt doux, la route était praticable. C'était un coin assez reculé, son havre de paix, comme ma mère aimait le désigner avec un sourire mou suspendu aux commissures des lèvres.

Après une vingtaine de minutes sur une route de terre avalée par deux bordures d'épinettes noires si densément tassées qu'elles ne laissaient presque pas voir le soleil couchant à travers leurs aiguilles, on y débouchait, comme une bulle d'air délogée du fond de l'eau qui vient éclater à la surface. Le terrain de ma mère n'était pas très grand, une trentaine de mètres sur une trentaine de mètres, c'était son oasis à elle, située en plein cœur des bois. Au milieu de la clairière trônait un petit chalet en rondins, poussé là comme l'aurait fait une marguerite ou un érable à sucre, nature faisant chemin. Quand j'étais enfant, on y passait toutes nos fins de semaine. Ma mère avait commencé à y habiter à l'année lorsqu'elle avait pris sa retraite. Elle avait aussitôt vendu notre maison et avait quitté la ville pour de bon.

Quand je suis arrivé, j'ai tout de suite aperçu le ravage qui avait eu lieu à quelques pas du chalet.

Dans la lumière grise et crépusculaire des phares de ma voiture, la butte de débris, à moitié calcinée, un peu plus haute que moi, se révélait dans toutes ses affres cramées et prenait l'allure d'un monstre obèse et apocalyptique qui aurait quantité d'organes factices : boîtes, cartables, albums photo, beaucoup de livres et de cadres. Des lampes et des tables, aussi, qui contrastaient avec le reste. Je suis resté un instant calé dans mon siège, le cœur en palpitations, ne sachant pas quoi penser ni faire, à part terminer à grosses lampées la bière que je m'étais débouchée en route. Visiblement, ma mère s'était chargée de tout détruire avant de partir.

En sortant de la voiture, j'ai aperçu notre vieux sofa fleuri, orange et brun ; une relique des années soixante installée devant le rond de feu comme il l'était devant la télévision à l'intérieur. J'ai sorti mon sac à dos et ma guitare du coffre, ainsi que la caisse de bières achetée plus tôt, et je suis allé m'y asseoir. Le ciel était clair, pas un seul nuage ; la lune illuminait la fine couche de neige qui avait recouvert le terrain, comme une grande nappe de soie bleutée, ardoise, sans accroc, étalée là d'une main exercée. Les coussins du sofa sentaient le charbon humide et le biscuit chaud. Assis dessus en tailleur, j'imaginais ma mère à l'autre extrémité. Ses cheveux châtain, secs et abîmés, me cachaient son visage. Elle triturait son lobe d'oreille gauche avec son pouce et son majeur, comme elle le faisait toujours lorsqu'elle s'absentait dans un livre. Cet espace vide entre nous deux où je glissais parfois mes jambes et sommeillais confortablement à ses côtés… Elle était si discrète, elle se fondait toujours dans le décor, comme une tache blanche sur un mur blanc, on pouvait croire qu'elle cherchait à se faire oublier. J'avais du mal à concevoir qu'elle avait mis le feu à la plupart de ses possessions. En fait, je ne pouvais tout simplement pas me la représenter agissant, réagissant plutôt, sous l'effet d'une impulsion ou d'un sentiment violent. Qu'est-ce qui avait bien pu la motiver?

J'essayais de me remémorer des moments où elle s'était emportée ou fâchée, une quelconque manifestation caractérielle de sa part, et je me rendais compte que je l'avais rarement vue dans ce genre d'état. Plus troublant encore, à mesure que j'effectuais cette randonnée dans le passé, de tout récemment jusqu'à l'enfance, je constatais que ma mère commençait déjà à se désagréger sous mes yeux. Son image se délavait comme les publicités dans les vitrines des dépanneurs, comme un journal abandonné qui jaunissait sur la plage. Peut-être avait-elle entrepris de disparaître bien avant sa mort? Peut-être avait-elle réellement su se faire oublier sans que je m'en rende compte? J'en étais là, à la recherche de l'ombre qu'était ma mère, quand m'est revenu à l'esprit un matin passé avec elle.

On était attablés en train de déjeuner tous les deux, je devais avoir dix ou onze ans. C'était la fin de semaine je crois, je lisais une bande dessinée en terminant mon bol de céréales. Elle faisait ses mots croisés et plongeait de temps à autre la croûte de ses rôties dans son café. J'avais échappé ma cuillère et je m'étais penché pour la ramasser. En me relevant, j'avais entraperçu son sexe dans le bâillement de sa robe de chambre; elle avait les jambes écartées, sa toison était touffue, évasée et bombée. Ses poils pubiens se tendaient vers moi comme les feuilles d'une plante d'intérieur se tendent vers la lumière. L'odeur marine et halitueuse qui s'en dégageait... J'étais resté figé un instant sous la table. J'avais fermé les paupières et je fronçais les sourcils jusqu'aux pommettes afin de tirer un épais rideau entre cela et moi.

Quand mes yeux se sont rouverts, c'est comme si son sexe s'était rapproché de mon visage. Horrifié, je m'étais redressé, et ma tête avait cogné contre le rebord de la table. Elle avait passé sa main sur mon bras : « Ça va ? », mais je l'avais retiré d'un coup brusque, tout en évitant son regard. Ma mère n'avait pas relevé, elle mettait probablement cela sur le compte d'une humiliante maladresse. Je nous revoyais attablés et silencieux, chacun dans son assiette, tandis que l'odeur de son sexe emplissait toute la salle à manger comme un orage qui s'annonce, se mélangeant à celle du beurre d'arachide dont elle avait tartiné ses rôties. Ce relent avait plané au-dessus de nos têtes comme un sombre nuage fétide, chargé, prêt à pleuvoir, jusqu'à ce que je me lève de table. Ça avait été, je crois, mon premier tête-à-tête avec les parties génitales d'une femme et il avait fallu que ce soit celles de ma mère.

Pris d'un haut-le-cœur, je me suis levé prestement pour marcher jusqu'à la remise. Par quel cheminement mesquin de la pensée avais-je eu à l'instant comme souvenir, comme unique souvenir gommant tous les autres, le sexe de ma mère, son odeur surtout ? J'étais assailli par toutes sortes de réminiscences subites qui surgissaient contre mon gré, parfois si lointaines qu'elles semblaient ne pas m'appartenir. Elles me traversaient le cerveau en laissant une trace fugitive, comme des visages dans un aéroport.

Pourtant, et manifestement, ces traces réapparaissaient de temps à autre de façon aléatoire, à l'image d'un grain de beauté dont on aurait oublié l'existence et qui, certains matins, revendiquait sa place sur le corps devant le miroir. Ma mère s'était liquéfiée devant moi par un singulier processus de distillation mnémonique, et voilà à peu de chose près tout ce qui me restait d'elle. J'avais la désagréable impression de la profaner, et pourtant, je n'avais aucun contrôle sur le fil de mes pensées. De toute façon, qui peut prétendre être maître de son esprit ?

Le flot de ma mémoire était devenu une force extérieure, terroriste, se révélant de détournements en attentats, de rappels en réminiscences. On pourrait presque parler de blitzkriegs cérébraux ; j'étais toujours en état d'alerte. Tous mes souvenirs, même les plus anodins, se manifestaient comme de véritables explosions. D'ailleurs, toutes les activités terroristes de ce monde ne visaient-elles pas d'abord notre mémoire ? N'avaient-elles pas comme objectif premier de s'y incruster, de se fondre en elle, toujours un peu plus, à chaque déflagration, à chaque déraillement de train ? Il fallait, à n'importe quel prix, qu'on se rappelle, qu'on réagisse, qu'on se prémunisse. Et pourtant on oubliait et on commettait encore et encore les mêmes erreurs, malgré les livres d'histoire et les commémorations.

Dès que je suis entré dans la remise, j'ai trébuché sur la tondeuse. En essayant de retrouver l'équilibre, j'ai renversé les quelques pots de peinture empilés sur l'établi à ma droite et chuté lourdement. Je suis resté étendu quelques secondes entre deux pelles et une scie mécanique, à maugréer des insultes destinées à je ne sais qui. Je m'étais blessé au dos en tombant. Une fois debout, les bras tendus, je ne voyais rien. J'ai finalement réussi à localiser l'ampoule qui pendait au plafond et je l'ai allumée en tirant sur le cordon.

J'étais ivre, l'intérieur de la remise tanguait, et les étagères clouées aux murs ne semblaient plus être de niveau. J'ai attrapé un bidon d'essence et je suis sorti en vitesse avec l'idée de terminer ce que ma mère avait commencé. En arrosant les décombres de tous les côtés, j'ai revu mon père qui, des années plus tôt, au même endroit, et dans un élan aussi incontrôlable que le mien, avait versé de l'essence sur un feu déjà flambant. Alors que les flammes léchaient dangereusement le bidon, il gueulait à tue-tête qu'il était frigorifié, qu'il en voulait plus. Mon père exigeait des flammes hautes comme des montagnes, il voulait les voir jaillir des braises comme les éruptions d'un volcan.

À cette époque, il buvait beaucoup et avait l'ennui facile ; il détestait passer ses fins de semaine au chalet, où il n'y avait pas d'espace pour lui seul. Probablement qu'il avait voulu égayer sa soirée. Mon père nous avait mis tous les trois en danger de mort par la même occasion. Ma mère s'était levée d'un bond et m'avait attrapé par le collet. On avait couru se mettre à l'abri et, à distance, on avait regardé mon père rôder autour du feu pendant que les flammes exaltées par le jet d'essence, bleues et orange, dessinaient des ombres tribales sur son visage.

Je me suis reculé à bonne distance et avec mon briquet j'ai mis le feu à un bout de bois que j'avais ramassé par terre. Au moment où ma torche s'enflammait, j'ai perçu des mouvements sur la butte de débris. J'ai retenu mon souffle quelques secondes. J'avais cru apercevoir un animal, enfin, une masse sombre jaillir du sommet des décombres et détaler dans les bois en émettant des bruits stridents. J'ai avancé de quelques pas et j'ai essayé d'éclairer la ligne d'arbres du mieux que je le pouvais avec mon bout de bois flambant tendu à bout de bras au-dessus de moi.

Il n'y avait aucune trace dans la neige et la forêt était silencieuse et sourde, en apesanteur. Les bois qui encerclaient le chalet étaient complètement opaques. Leur aspect aquatique, en suspens comme quelque chose de submergé, était pour moi, alors enfant, aussi lugubre qu'une épave en décomposition, recouverte d'algues au fond de l'eau. Le jour, ça allait : je passais mes journées à jouer dans la forêt quand j'étais plus jeune, mais la nuit, les bois me terrorisaient. Dès la brunante, à moins d'y être obligé, à moins d'être accompagné, j'évitais de m'y aventurer.

Après avoir balayé les alentours du regard, sans rien y trouver de suspect, j'ai jeté ma torche improvisée sur le tas de débris qui s'est enflammé d'un coup, exhalant un souffle puissant, puis j'ai repris ma place sur le sofa. La chaleur était insoutenable ; j'avais l'impression que le tissu de mon pantalon fondait sur mes jambes et se collait à ma peau, mais j'étais trop soûl pour déplacer le divan et, franchement, je m'en foutais. Les braises étaient ardentes, pareilles à des pierres précieuses issues d'un temps géologique primitif, fossiles desquels un archéologue aurait pu soutirer toutes sortes d'indices sur le passé de ma mère, sur sa vie, sur l'époque à laquelle elle avait vécu. Mais je n'étais pas archéologue, et tout cela ne me révélait absolument rien.

Quand j'étais adolescent, je pouvais passer des heures au lit, à jouer à un jeu auquel aujourd'hui je ne suis plus capable de jouer. Je faisais le vide dans ma tête par une sorte de méditation existentielle. Je me concentrais sur le mot « rien », et rien d'autre. Je le prononçais d'abord pour moi-même, ensuite à voix basse et graduellement à voix haute. Plus rien n'existait que ce mot qui se délestait peu à peu de sa substance au fur et à mesure que je le répétais. Chacune de ses quatre lettres me sortait de la bouche comme des ronds de fumée tranquillement expirés qui se déformaient ensuite en s'élevant au-dessus de ma tête.

Je me laissais envahir par l'idée absurde que rien n'était rien, que même le mot « rien », sa sonorité rêche, sa signification, tout ce qu'il contenait, ses quatre lettres, leur graphie, plus rien de cela n'existait. Inconsistance informe. Plus rien de moi, ni du lit sur lequel j'étais couché, ni du mobilier qui constituait ma chambre, ni de ma bibliothèque ni de mes livres. Tout autour de moi se mettait à fondre, à couler. La vie était ailleurs, derrière ce décor en carton, au-delà. L'état d'euphorie dans lequel me plongeait cette formidable légèreté, barbule de plume soulevée par le vent, délestée du poids du monde, lui-même évacué par une sorte de transe jubilatoire... Je n'étais rien, et même ce mot n'était rien. Par conséquent indemnisé, immaculé, irresponsable, innocent. Ainsi atteint, presque intoxiqué par cette épiphanie de l'absurde, je me sentais bien, à ma place. Mais ça ne durait jamais assez longtemps. Et, à l'instant, ce jeu saugrenu me manquait cruellement.

J'ai pris ma guitare dans le but de peaufiner une de mes nouvelles chansons, en vain. Mes doigts engourdis par le froid et l'alcool ne répondaient pas. Je n'arrivais pas à suivre la mesure, je grattais les cordes comme un débutant. La mélodie que je chantais refusait de se mettre en mots ; elle se cantonnait dans son état gestatif, sans aller au-delà des balbutiements et des sons. Mais ça aussi, je m'en foutais. Le silence qui se faufilait entre les branches des arbres, le crépitement des flammes qui dévoraient les carcasses d'objets ayant appartenu à ma mère, les harmoniques boiteuses des accords que je m'obstinais à plaquer maladroitement sur mon instrument, tout cela, cet orchestre mal foutu, m'apaisait.

*

Je me suis réveillé le lendemain avec un mal de tête impossible, aveuglé par la lumière acide du soleil qui se reflétait sur la neige. Il ne restait plus qu'un tapis de cendres fumantes sur le rond de feu. J'avais mal aux os et mon linge était humide – peut-être qu'il avait neigé pendant la nuit. Je sortais de ce sommeil éthylique comme d'un profond puits duquel je m'extirpais difficilement. Aussitôt debout, pris d'un vertige, j'ai dû me rasseoir. Des particules grises aux formes anamorphiques se multipliaient et dansaient devant mes yeux. Le sang me battait les tempes et ses assauts se répercutaient du bout de mes orteils jusqu'à la racine de mes cheveux, comme si un bataillon de globules rouges s'acharnait à enfoncer les fortifications de mon crâne à l'aide d'un bélier.

Après avoir retrouvé le contrôle de mon corps et m'être assuré que mes jambes ne me lâcheraient pas, je me suis levé et j'ai marché jusqu'au chalet dans lequel je n'étais pas encore entré depuis la veille. Tout était en ordre, propre, même si la plupart des effets de ma mère avaient péri dans les flammes. En ouvrant le réfrigérateur, j'ai constaté qu'il restait encore un peu de nourriture. Je me suis rué sur le carton de jus d'orange presque plein qui traînait seul sur sa tablette, j'ai vérifié la date d'expiration et entrepris de le vider en quelques gorgées.

Dans la pharmacie de la salle de bains, il y avait beaucoup de flacons de médicaments qui m'étaient inconnus. Je ne savais pas que ma mère ingurgitait ce cocktail de comprimés. L'ordonnance était récente. Était-elle malade? Ou cela faisait-il partie de la panoplie de pilules qui accompagne inévitablement la vieillesse? La dernière fois que je l'avais vue quelques mois plus tôt, elle m'avait pourtant paru en forme, de corps et d'esprit. Rien ne laissait présager ce qui s'est passé par la suite. Peut-être que je n'avais pas été assez attentif, assez réceptif; avec elle, mais ailleurs. Cette possibilité me dégoûtait.

J'en ai profité pour avaler deux Xanax, agrémentés de trois aspirines, et je suis allé m'étendre sur le lit de mon ancienne chambre. Elle avait été épargnée, elle était intacte, telle que je l'avais vue la dernière fois. Je ne savais pas quoi faire, j'allais devoir appeler mon père pour savoir s'il avait décidé de partir la chercher avec moi, mais je n'avais pas envie de lui parler, pas maintenant. Au départ, je comptais rester quelques jours ici pour me reposer et classer les affaires de ma mère, espérant y trouver une réponse à mes questions, mais j'avais déjà envie de repartir. Je ne me sentais pas à ma place, intrus malgré moi. En train de violer la demeure d'une femme que je ne connaissais pas, que j'avais connue il y a fort longtemps, et dont l'accès n'était désormais plus que sur invitation.

Je suis resté allongé un moment et j'ai laissé mes yeux zigzaguer dans les motifs du crépi de plâtre au plafond. J'ai essayé tant bien que mal de faire le vide, mais je n'y suis pas parvenu, alors je suis parti à la recherche d'une lettre que ma mère aurait pu laisser. Juste un mot aurait suffi, un indice, quelque chose qui m'aurait aidé à comprendre les raisons qui avaient poussé ma mère jusque dans le Nord. La fouille s'est avérée infructueuse ; la scène du crime avait déjà été analysée et javellisée, pas la moindre phrase, pas le moindre mot. Je butais contre un mur, un mur que je n'avais ni la force ni l'envie d'escalader. Les anxiolytiques commençaient à faire effet, et comme je n'avais pour l'instant rien d'autre à faire, j'en ai gobé deux autres avant d'aller marcher en forêt pour me dégourdir l'esprit et ainsi éviter de tourner en rond dans le chalet.

Tout était calme autour de moi, la nature s'était assoupie, elle avait pris une pause. J'avais l'impression de léviter et d'investir les bois à la manière d'un esprit fumeux, tout droit sorti d'un conte slave. Ça me rappelait les jeux que je m'inventais quand j'étais enfant, lorsque je m'imaginais les arbres animés par le vent tel un troupeau d'étranges et frêles mammouths, créatures ancestrales dont j'étais le maître et avec lesquelles je combattais les troupes ennemies.

Je me suis arrêté un instant devant un grand pin auquel, par inadvertance, dans un moment d'insouciance et d'imbécilité, on avait mis le feu, un ami et moi. Décidément, beaucoup de choses avaient brûlé ici. On y avait construit une cabane, à l'aide de branchages et de feuilles mortes, dans laquelle on avait eu la brillante idée d'allumer un feu. La cabane s'était embrasée en quelques minutes et on avait dû courir jusqu'au chalet chercher mes parents. On avait réussi à éteindre le brasier naissant en utilisant des couvertures mouillées avec lesquelles on avait étouffé les flammes. Tout de même, il s'en était fallu de peu.

Une fois le feu maîtrisé, mon père m'avait fusillé du regard, puis lancé au visage le tas de couvertures humides, encore chaudes et puantes. Il m'avait ordonné de les laver à même le ruisseau qui longeait la route et défendu de rentrer avant d'en avoir fini. Il avait donné un coup de pied dans les débris calcinés de notre cabane dont les vestiges s'étaient aussitôt effondrés et était reparti vers le chalet. Ma mère m'avait observé brièvement, à la dérobée, un peu désemparée, puis elle l'avait suivi. J'avais eu envie de le frapper, de le mordre même, de lui lancer des roches. Mon ami était effrayé, c'était la première fois qu'il venait ici avec moi et j'avais honte de ce à quoi il venait d'assister, même si, en fin de compte, ça avait été de notre faute.

Le grand pin portait encore les cicatrices que le feu y avait laissées. J'en étais là, à tourner autour de l'arbre, ma main glissant sur l'écorce, quand j'ai aperçu une masse poilue gisant dans la neige, à une dizaine de mètres d'où j'étais. Je me suis approché. C'était la carcasse d'un chevreuil. Je me souviens, malgré l'effet des médicaments (j'étais dans un état second), de m'être accroupi sur la dépouille de l'animal et d'être resté là pendant un long moment. La neige l'avait partiellement recouvert. Son corps ne portait aucune trace de blessures, ses muscles saillaient sous sa peau, son pelage était soyeux, brun café crème.

Il semblait avoir été cryogéné, avoir culbuté par mégarde dans une bassine d'azote liquide et été saisi là par une chute de température draconienne.

Phénomène inexplicable, encore vivant de l'intérieur. Son museau s'enfonçait dans la neige, de sorte que je ne voyais que le haut de sa tête et une partie de ses bois. Je me suis penché sur l'animal, mon visage presque collé à son mufle, et j'ai examiné ses yeux. Ils étaient d'un noir caverneux. Je m'y reflétais, tel un double minuscule emprisonné dans une grotte de verre. Ils avaient cet éclat complice, sur le bord du clin d'œil. Interceptés au milieu d'une phrase qu'ils ne termineraient jamais. J'ai appuyé sur son œil droit avec le bout de mon index, mais comme la cornée était gelée, j'ai eu l'impression de toucher une grosse bille froide et polie.

Mû par une impulsion, j'ai voulu lui extraire la tête de la neige en tirant sur ses bois de façon frénétique, comme si cela pouvait le sauver de l'asphyxie, comme si j'en avais le pouvoir. Rien à faire, ça ne bougeait pas. Quelque chose sous la neige refusait de céder. J'ai creusé avec mes mains tout autour de sa tête, et recommencé à tirer de toutes mes forces. Elle s'est arrachée à la neige en craquant comme un arbre qui se déracine et s'abat sur le sol. Un grand crac prolongé, amplifié par le silence feutré de la forêt. J'ai tout de suite sursauté, puis reculé à quatre pattes en vitesse.

Étalés sur le sol à quelques mètres de distance, presque dans la même position, on se dévisageait, la tête et moi. Le temps s'était suspendu, seuls mes halètements me rappelaient au monde, les secondes coulaient comme de la pluie sur une vitre. Le chevreuil me fixait, la tête redressée ; ses lèvres étaient restées prises dans une couche de glace sous la neige et ses dents maintenant à découvert me souriaient dans un rictus hideux. L'animal me narguait, j'ai même cru que son corps allait se remettre debout et partir en gambadant. J'ai bondi et me suis mis à frapper sur son museau avec mes poings, à répétition, mais il ne bronchait pas et continuait à me dévisager.

Après, tout est allé très vite; j'avais l'impression de suivre une autre version de ma personne tout en mimant ses moindres actions. Je me rappelle avoir couru dans la remise pour y prendre une hache sans savoir ce que j'en ferais. Je me suis entendu perdre le souffle. Je me suis vu courir, abattre la lame sur le cou du chevreuil et en arracher les ligaments et les vertèbres les plus tenaces à mains nues, emprisonné dans le corps de cet autre moi-même, à l'intérieur d'un robot qui ne répondait plus à mes commandes.

La tête de l'animal entre les mains, je suis retourné au chalet. Peut-être que j'avais l'intention d'en faire un panache. Peut-être que je ne supportais pas de le laisser seul dans les bois (juste l'idée de le savoir là me glaçait le sang), décapité, souriant jusqu'à l'été qui se chargerait de décomposer sa bonne humeur. J'ai déposé la tête sur le perron et me suis assis dans les marches, à ses côtés. Je venais de commettre un crime. Pourquoi cette tête me regardait-elle comme cela?

Je suis allé me coucher dans ma chambre, et juste comme j'allais m'endormir un éclair névrotique m'a traversé le corps. J'ai bondi jusqu'à la fenêtre et j'ai écarté les lattes du store vénitien : la tête du chevreuil était toujours là où je l'avais laissée, mais elle avait pivoté presque imperceptiblement de sorte qu'elle était toujours en train de m'observer, peu importe où je me trouvais. Du moins, c'est ce qu'il m'a semblé. Je suis retourné m'étendre sur mon lit et le sommeil n'a pas tardé. J'ai dormi longtemps, me réveillant à plusieurs reprises engourdi et déboussolé par la fatigue.

Je me souviens avoir fait un rêve étrange. J'ouvrais les yeux de temps à autre, mais des images subreptices continuaient à défiler dans mon esprit pendant que je replongeais dans l'inconscience. J'étais dans un avion. L'hôtesse, dont le visage était cramoisi et luisant, ne cessait de venir me réveiller pour me servir du jus de tomate. Elle restait à mes côtés et insistait pour me faire boire au complet les verres qu'elle me tendait l'un après l'autre. Le liquide épais et grumeleux me donnait la nausée.

Une musique d'ambiance, comme celle qu'on nous impose dans les ascenseurs, mais très forte, sortait des haut-parleurs situés juste au-dessus de ma tête. Par le hublot, je pouvais voir des milliers d'appareils semblables au nôtre, parfaitement alignés, voguant sur un tapis de nuages roses et mauves comme des bateaux sur la mer. Charlie était avec moi, elle était surexcitée, elle ne restait pas en place. Elle fouillait la pochette sur le dossier de la banquette devant elle à la recherche de quelque chose qui n'y était pas.

Au moment où le capitaine annonçait une série de turbulences, elle m'a chevauché, a défait ma braguette et m'a inséré en elle d'un geste habile de la main, presque ninja. Personne autour ne semblait s'en offusquer, l'hôtesse continuait de me tendre des verres de jus de tomate que je buvais sans rechigner. J'avais le ventre gonflé. Des rires enregistrés fusaient de toutes parts. Charlie gémissait, elle était en transe. Tout ce que je pouvais voir, c'était mon ventre qui grossissait à vue d'œil. Quand Charlie a joui, elle s'est mise à hennir. J'ai levé les yeux vers elle et derrière sa tête de cheval apparaissait peu à peu, comme un repentir, celle du chevreuil, celui que j'avais décapité, avec ses yeux d'ébène profonds comme des tunnels, et dont les rapides claquements de dents se mélangeaient aux applaudissements des passagers.

Mon propre cri m'a tiré de ce cauchemar. Je suis sorti du lit et quand j'ai retonti dans la cuisine, je me suis retrouvé face à face avec la tête du chevreuil qui trônait sur le comptoir. L'avais-je rentrée entre deux assoupissements? Elle avait commencé à dégeler et dégageait une odeur méphitique: un mélange de moquette moisie et de viande faisandée. Je l'ai saisie et je me suis précipité dehors. La nuit était tombée, je n'avais aucune idée de l'heure qu'il était. Le sol était évidemment gelé, mais j'ai tout de même réussi à y creuser un trou assez profond pour l'enterrer.

Après ces obsèques improvisées, je me suis effondré dans la neige. J'avais envie que ça soit terminé, que tout ça n'ait jamais eu lieu : la mort de ma mère, le pèlerinage grotesque à venir, cette famille qui m'était devenue étrangère et qu'un évènement funeste avait ramenée dans ma vie, je n'en voulais pas. J'aurais voulu être né orphelin, sans attache, libre. J'ai regardé autour de moi la terre fraîchement retournée, le rond de feu où j'avais fait brûler ce qui restait des biens de ma mère, ce petit chalet au cœur de la forêt, tout cela était aussi déprimant qu'une lampe allumée en plein jour.

*

Au matin, en ouvrant les yeux, j'ai sursauté en apercevant la silhouette d'un homme assis dans une chaise berçante dans le coin de ma chambre, à contre-jour dans la lueur de l'aube provenant de la fenêtre derrière lui. Il se balançait paisiblement, semblait veiller sur moi. Il n'a rien dit, il a hoché la tête quand nos regards se sont croisés. Ça m'a pris un moment avant de me rendre compte que c'était mon père.

DEUXIÈME PARTIE

I.

Toute sa vie n'aura été qu'une suite d'inachèvements et de rendez-vous manqués. Si l'on devait lui accoler une trame sonore, ce serait *L'art de la fugue* de Bach. *Die Kunst der Fuge.* Je ne me raconte pas sa fin, ça me semble clair, maintenant. Je me raconte plutôt sa vie comme une symphonie dont les différents mouvements étaient déjà écrits au plus profond de son être, avant sa naissance. Durant toute son existence, ma mère aura en quelque sorte avancé à reculons. Il se peut que les choses se soient passées autrement, il se peut que je me trompe. Dès qu'on met des mots sur des évènements, ils deviennent fiction. Je ne discerne plus le vrai du faux, les souvenirs du temps présent et de ce qui reste à venir. Mes parents d'avant, ceux d'aujourd'hui, d'un côté la chair, de l'autre l'os. Tout est histoire. Tout se raconte. La mémoire appelle le souvenir, le souvenir appelle la fiction. On s'échafaude, on se donne une structure, on cherche des évidences, des causes et des effets. L'écriture nous dédouble, nous place dans un état parallèle. Écrire, c'est mettre au monde et mettre à mort en même temps. Toutes les histoires ne seraient que le prolongement du paradoxe de Schrödinger. Je veux l'inventer… Ma mère nous a quittés et elle me manque, voilà pourquoi je cherche à lui redonner présence.

*

— Es-tu sûre ?

— Oui.

— Tu veux pas que je t'accompagne ?

— J'aimerais mieux pas, non. J'ai besoin d'être seule.

— Mais...

— Louis, non... Merci quand même... Merci pour tout... J'vais revenir, j'en ai pour deux semaines, trois maximum.

Ils se sont regardés longuement sans prononcer un seul mot. Il n'y avait plus rien à dire de toute façon. Il n'était pas question qu'il entre. Elle avait pris sa décision et cela ne le concernait pas. Elle a intercepté la main qu'il tendait vers son visage, l'a serrée entre les siennes tout en la redescendant, puis elle l'a embrassé sur la joue. Elle a poussé sur sa poitrine du bout des doigts, à deux mains et doucement. Elle lui réitérait ainsi son envie de le voir partir.

— Vas-y, je t'appelle dès que j'suis revenue. Il me reste quelques bagages à faire.

Louis lui a tourné le dos, s'est dirigé vers sa camionnette et lui a fait un dernier signe de la main avant d'y monter. Il a mis un certain temps avant de démarrer, frottant distraitement son volant avec la paume de sa main gauche, comme on essuierait une vitre ou un miroir, les yeux cloués sur le pare-soleil. Elle l'observait du perron et elle se demandait sûrement si c'était le bon moment pour rentrer ; elle était pressée, avait hâte de se mettre à l'ouvrage.

Elle a refermé la porte derrière elle et le vrombissement du moteur s'est fait entendre. Elle a patienté un brin, puis s'est mise à fouiller nonchalamment dans les boîtes qu'elle avait empaquetées la veille pendant que le son du moteur se dissipait, de plus en plus distant, avalé par les arbres. Quand elle a été certaine que Louis ne reviendrait pas, elle est ressortie et a entrepris de vider les boîtes, une par une, sur le rond de feu. Elle a effectué toute la journée ce va-et-vient entre le chalet et l'endroit où elle s'apprêtait à brûler sa vie. Au fur et à mesure que le rond de feu où elle entassait ses objets grossissait, un sourire en forme de renoncement se dessinait sur ses lèvres. Sortir les meubles relevait de l'exploit pour une femme aussi petite et fragile, mais obstinée, elle y est parvenue. Elle s'arrêtait souvent pour reprendre son souffle et toussait à s'en arracher les poumons; sa respiration était sifflante et comme enlisée.

La nuit était déjà tombée depuis une heure, peut-être deux, lorsqu'elle s'est assise sur le divan placé devant le feu qu'elle venait d'allumer. Le ciel était noir, la lune perçait difficilement à travers les nuages et l'air était immobile, pas la moindre brise. Elle était recroquevillée, les coudes sur ses genoux écartés, la tête légèrement penchée. Elle avait joint ses mains en forme de prière et remuait les doigts impulsivement de temps à autre, comme prise d'un soubresaut. Son visage était tout près des flammes et ses pieds trépignaient, de sorte que de sourdes vibrations semblaient émaner de tout son corps.

Cet endroit allait lui manquer, il lui avait toujours donné l'impression d'être seule au monde. Les journées entières à lire et à se prélasser, les promenades en forêt; tout ce qu'elle avait ardemment souhaité – la paix, le silence – et qu'elle avait obtenu trop tard, dont elle n'avait pas assez profité à son goût. Mais bon, elle n'avait pas d'autre option, ne voyait pas comment tout cela pouvait se terminer autrement. Elle se sentait pourtant délestée, comme si elle s'apprêtait à partir en voyage. Exactement le même état d'euphorie, remarquait-elle à l'instant, qui l'avait transportée lorsqu'elle avait décidé de partir pour San Francisco avec un informaticien dont elle s'était entichée.

Elle l'avait rencontré à Toronto, ville qu'elle avait adoptée, encore adolescente, après avoir quitté

Montréal à la recherche d'autre chose. Elle avait couché ici et là, travaillé de nuit dans une usine de transformation de porc, avait été réceptionniste pour une petite boîte de production de films pornographiques où elle accueillait les jeunes actrices, les jeunes acteurs aussi, les passant de temps à autre en audition quand l'agente de distribution était trop occupée. Puis elle s'était retrouvée derrière le comptoir d'un bar-spectacle qui faisait la promotion de concerts de musique expérimentale et de jazz.

C'est là qu'elle avait vu l'informaticien pour la première fois. C'était un homme assez banal, plutôt petit, nez crochu et bouche humide, chevelure en belles boucles grasses qui lui descendaient jusqu'aux épaules, déjà empoté des reins et du ventre malgré sa jeune vingtaine. Cela dit, au lit, il savait faire; sous le coup de l'excitation, il se métamorphosait, soudainement vivace et plein d'énergie, le souffle puissant et la gorge bombée, capable des acrobaties érotiques les plus inusitées, les plus baroques. Il était doux, discret, et dans la fébrilité des débuts, il avait su prendre soin d'elle avec dévotion. Surtout, il avait un plan et ne répondait pas aux évènements de sa vie en cochant les cases de son parcours au hasard comme l'aurait fait un cancre confronté à un questionnaire-surprise. Cela la réconfortait.

On était au milieu des années soixante-dix, l'informaticien avait été engagé par Intel Corporation pour travailler sur des puces de mémoire et une nouvelle génération de microprocesseurs pour ordinateur personnel qui se voulaient révolutionnaires, comme tout ce qui s'inventait à Santa Clara dans ces années-là. Ils s'aimaient, ne voulaient pas se séparer, étaient partis ensemble sur un coup de tête, sans avertir personne. Pourtant, les choses s'étaient avérées bien différentes de ce qu'elle avait d'abord imaginé. Ils avaient loué dans le

Castro District une maison victorienne décrépite dont le loyer était modique, voire ridicule. Une fantaisie de l'informaticien qui prenait plaisir à dire à qui voulait bien l'entendre qu'ils cohabitaient, sa compagne et lui, avec les drogués, les homosexuels, les hippies, les marginaux ; vies singulières qu'il ne pouvait vivre que par procuration, autour desquelles il ne pouvait qu'orbiter puisqu'il n'aurait jamais osé.

Le lieu de travail de l'informaticien se trouvait à des kilomètres de leur maison. Tous les jours, il se faisait inévitablement happer par le trafic et cela pouvait parfois prendre jusqu'à deux heures, à l'aller comme au retour. Au début, il faisait la navette matin et soir, mais en l'espace de quelques mois, il avait commencé à dormir à Santa Clara. D'une à deux journées, habituellement le lundi et le mercredi soir, il était passé à des semaines complètes. Désormais, il ne rentrait plus que le week-end. Elle lui posait des questions détournées, elle était soupçonneuse : il dormait la plupart du temps dans sa voiture, quitte à se rafraîchir et à se changer dans les salles de bains chez Intel. Ainsi, il évitait les frais d'essence, et pour l'informaticien, c'était un argument considérable. Il lui susurrait dans le creux de l'oreille qu'elle devait le lui pardonner. Les deux mains bien ancrées sur ses fesses, il lui chuchotait cette excuse idiote comme s'il s'agissait d'une grivoiserie destinée à exalter les sens, déjà prêts à passer au lit ou sur le divan ou dans la douche, la porte d'entrée même pas encore tout à fait refermée.

Elle s'abandonnait à ses caresses, feignant la grâce, plutôt préoccupée par les odeurs étrangères qu'elle croyait déceler dans ses cheveux, son cou ou sur son sexe. Alerte à la moindre trace de concupiscence laissée par une bouche ou un ongle rival sur le corps de son amant. Mais elle ne trouvait jamais rien. Elle fouillait dans ses valises, vérifiait ses culottes, ses chandails, ses pantalons, sa trousse de toilette, son porte-document, rien. Aucune preuve à conviction. S'il était coupable d'adultères, c'était avec son emploi ; l'entreprise était en plein essor, l'informaticien voulait gravir les échelons en même temps que la compagnie se développait et ainsi s'assurer un poste de haut niveau, même si cela le contraignait à d'innombrables heures supplémentaires non comptabilisées. Elle pouvait comprendre, non ?

Elle écoulait donc ses journées à flâner seule dans leur trop grande maison qui tombait en ruine. Parfois, lorsqu'il pleuvait, elle se distrayait en comptant les gouttes qui fuyaient du plafond et venaient éclater dans les seaux prévus à cet effet, disposés çà et là au deuxième étage, aux endroits stratégiques. Son score le plus élevé avait été mille neuf cent quarante-sept (elle avait réussi à rester éveillée jusque-là). Elle fredonnait des mélodies semblables à celles qu'elle avait entendues dans son bar à Toronto. Elle suivait le tempo arythmique que battaient les gouttes d'eau. Elle avait même songé à s'acheter une guitare, ou peut-être un synthétiseur, pour meubler le silence, mais elle y avait renoncé. Elle n'arrivait pas à trouver l'élan et la motivation nécessaires.

Cette vieille demeure peu éclairée aux boiseries sombres et éraflées – avec ses rideaux poussiéreux presque toujours tirés et ses tapisseries moisies qui pendaient aux murs comme de grands lambeaux de peau morte – exerçait sur elle une influence délétère. Des assoupissements sporadiques avaient remplacé son sommeil, et ils ne lui offraient aucun repos. Ses yeux étaient cernés et ses cheveux avaient perdu de leur éclat. Elle ne se lavait plus, portait les mêmes vêtements plusieurs jours d'affilée, ne soignait son apparence que lorsque le week-end arrivait, afin de séduire son informaticien. Elle considérait cela comme un acte de reconquête, mission qui lui demandait par ailleurs de plus en plus d'efforts et pour laquelle elle avait de moins en moins de goût.

Elle changeait de pièce de façon constante et systématique et en vertu d'un schéma qui la rassurait, mais dont la logique était incongrue. Elle calculait qu'elle ne devait pas passer plus de onze minutes (nombre premier, symétrique en plus?) dans chacune d'elles. Du salon à la chambre à coucher, de là jusqu'à la salle de bains, le bureau, le boudoir, puis elle recommençait. Elle s'interdisait de rester trop longtemps au même endroit; elle s'imaginait que cette stagnation, cette absence de mouvement risquaient d'entraîner des conséquences incommensurables.

Elle était terrorisée à l'idée que ses pieds ou ses mains puissent prendre racine dans le plancher ou sur les objets et les meubles qu'elle touchait, que son corps en entier se fonde avec le sofa sur lequel elle s'assoyait, avec le lit sur lequel elle s'étendait. Elle se voyait déjà cloîtrée à l'intérieur d'un mur ou, pire, d'un plafond, témoin silencieux des futures générations qui habiteraient plus tard cette vieille maison pourrie. Que lui arriverait-il si on entreprenait de la démolir?

Les moments les plus abominables, elle les subissait sur le siège de toilette; elle dépassait immanquablement les onze minutes allouées, ce qui lui occasionnait des sueurs et des tremblements incontrôlables, surtout quand elle était constipée, et cela ne manquait pas d'arriver puisqu'elle ne mangeait presque plus. Comme Jonas dans sa baleine, elle se sentait avalée, elle serait bientôt digérée par cette maison dont les portes et les fenêtres se refermaient sur elle comme des fanons. Elle se sentait comme un corps étranger qu'on aurait greffé peu à peu, malgré lui, et de façon inéluctable, à son territoire d'accueil. Où était-ce l'inverse?

Alors que ma mère laissait son regard se perdre dans les flammes et qu'elle franchissait l'écart entre sa jeunesse et ce qu'elle était devenue, elle remarquait à quel point elle n'avait pas changé. Comme si tout son être d'antan – celui de l'époque où elle avait vécu aux États-Unis – était une substance insoluble au sein d'un mélange homogène. Une gouttelette de vinaigre en suspension dans un flacon d'huile. En se rappelant ces évènements, elle avait l'impression de visionner un film dont elle connaissait par cœur chaque séquence, projeté sur le ciel sans étoiles au-dessus de sa tête. Elle se remémorait des anecdotes, des épisodes de sa vie dont la lourdeur ou la légèreté, l'impact pensait-elle, avait été déterminant.

Ainsi, elle avait dilapidé des semaines entières dans la maison du Castro District, dans une solitude des plus aliénantes, d'autant plus profonde qu'elle était anonyme. Il fallait qu'elle rebondisse et consente à sortir, ne serait-ce que pour aller se balader quelques heures, ce qu'elle n'avait pas encore osé faire depuis son arrivée à San Francisco. Elle s'était d'abord infligé quelques tours du pâté de maisons, avait étendu son parcours au quartier, puis à la ville.

Elle partait aux premières lueurs de l'aube, déambulait au gré de ses humeurs qui la dirigeaient tantôt vers les quartiers malfamés, tantôt vers les sections de la ville réservées aux nantis. Elle portait des robes amples qui lui descendaient jusqu'aux chevilles, ce qui la faisait paraître encore plus minuscule, et se cachait derrière des lunettes trop grandes, teintées de rose ou d'orange. Elle s'arrêtait pour boire un café ou bouquiner dans une librairie d'occasion (elle lisait surtout de la poésie et des romans noirs). Quand personne ne la regardait, elle reniflait l'intérieur des vieux livres et s'imprégnait de leur odeur oxydée et végétale.

L'endroit que ma mère fréquentait le plus souvent était la zone industrielle du port de San Francisco. Elle se promenait sur le quai 70 et se laissait enivrer par sa grisaille, sa rouille, ses relents pétrolifères et salés, ses décombres recouverts d'algues et de coquillages, son état de perpétuel délabrement. La plupart du temps, et contre toute attente, cet environnement l'apaisait. À l'époque on y réparait encore d'immenses navires et cela la fascinait. Elle s'abandonnait à ces concerts métalliques, aux grincements des conteneurs qui ne cessaient de s'ouvrir et de se refermer, aux coques des bateaux tossant contre le béton des quais, au rugissement des foreuses et des marteaux-piqueurs à l'ouvrage. Elle ne s'entendait plus penser et profitait du silence derrière le vacarme du monde pour se reposer.

Elle marchait sur les quais en s'imaginant seule sur le pont d'un bateau à l'ancre, au beau milieu de l'océan. C'était la nuit, les astres miroitaient sur la mer étale, à peine frissonnante. Mais cette béatitude dont elle aurait souhaité qu'elle se réalise virait vite au cauchemar. Le ciel devenait la voûte d'un palais, l'horizon une rangée de dents et la mer une langue juteuse et salivant. Elle ne se trouvait plus sur une petite embarcation perdue en mer, mais bien sur un comprimé dans la gueule d'un géant. Elle se mettait à transpirer : elle allait être engloutie, avalée. Cette vive impression la suivait partout, toutes ses pensées convergeaient vers ce lieu opaque qui lui évoquait une bouche monstrueuse. Plus elle y pensait, plus elle avait le vertige ; elle se recroquevillait sur le banc où elle se laissait aller à ses méditations portuaires. Elle rentrait les bras sous sa robe, ramenait ses genoux contre sa poitrine, et tanguait de gauche à droite comme les petits chalutiers qui quittaient la baie de San Francisco pour se rendre dans le Pacifique.

Elle continuait d'observer les ouvriers à l'ouvrage, attendait les cargos marchands qui arrivaient d'Asie. Elle guettait plus particulièrement les marins, ceux

67

qui débarquaient, mais aussi ceux qui s'embarquaient. Elle se demandait ce que l'on pouvait bien ressentir lorsque l'on posait pied à terre après tout ce temps passé en mer. Est-ce que les marins appréciaient la fermeté jusqu'alors oubliée de la terre? Est-ce qu'ils pouvaient la sentir tourner? Certains d'entre eux semblaient étourdis et désorientés, comme atteints par un projectile invisible, lorsque leurs pieds touchaient le sol. Ils prenaient soudainement conscience de la dureté du monde, de sa concrétude, laquelle contrastait avec la houle qui les avait bercés pendant des mois jusque dans leur couchette, jusque dans leur sommeil. Leurs rêves devaient être aquatiques, pensait-elle. La plupart des marins, au moment de l'accostage, avaient l'air fébriles. Ils souriaient presque tous. Elle les admirait et, secrètement, elle les enviait.

*

J'ai beau imaginer ma mère là-bas avec ses bateliers et ses bateaux, du temps qu'elle avait vécu à San Francisco, je ne peux faire autrement que d'en venir à la conclusion suivante: que savais-je au fond de ses années californiennes? Ma mère ne m'en avait jamais parlé, ou si peu. Elle était avare de confidences. J'avais été contraint de reconstituer, à partir des rares photos qu'elle gardait dans une boîte à chaussures, cette page de sa vie qu'elle avait tournée en rencontrant mon père. Maintenant, tout avait cramé. Tout. Je devais lui inventer un passé à partir d'un présent dont je n'étais guère plus informé.

Les visages de ces marins revenaient à ma mère de façon limpide; ils se profilaient dans la neige fondue qui luisait autour du feu. Immobile devant le crépitement des flammes, elle se remémorait parfaitement leurs rides maritimes et s'étonnait que celles-ci se fussent incrustées dans sa mémoire, malgré les années écoulées. Comme si elle avait voulu se changer les idées, elle a ravivé les braises en y plongeant une tringle à rideaux qu'elle a secouée de droite à gauche. Rien n'y faisait : elle était incapable de ne pas laisser ressurgir son passé, devant ses yeux et partout autour d'elle, dans le feu, dans la neige. Le vent s'était levé, son sifflement sporadique entre les branches des arbres lui a immédiatement rappelé le bruit des vaguelettes qui se brisaient contre les rochers sous les quais du port de San Francisco.

Une couverture autour des épaules, elle s'est enfoncée plus profondément dans le sofa. Elle a botté dans la neige, des petits croûtons de glace ont volé sur les braises et se sont mis à fondre. Un cartable qui cramait a retenu son attention ; des cloques se formaient sur la reliure de plastique et éclataient de temps à autre en émettant un bruit sourd et mouillé, semblable à celui que fait un martin-pêcheur quand il plonge sous l'eau pour avaler un petit méné ou une grenouille. Le cartable contenait peut-être des poèmes ou des textes qu'elle avait écrits. Les flammes étaient toujours aussi hautes, il y avait encore beaucoup à brûler.

*

Quand elle ne rêvassait pas au port, elle se rendait au Castro Theatre. L'endroit avait changé de propriétaire et l'on y jouait maintenant toutes sortes de films : de vieux classiques, des films muets, du cinéma expérimental, des rétrospectives, des œuvres récentes aussi. Elle ne connaissait rien au cinéma américain et en profitait pour s'enfiler parfois jusqu'à quatre représentations d'affilée. Elle sortait du cinéma les yeux bouffis et secs et retournait chez elle la tête bourrée d'images, hantée par ces vies fictives, différentes de la sienne, qu'elle absorbait avec avidité.

Cette journée-là, la dernière qu'elle avait passée à San Francisco, elle était allée voir *All The President's Men*, sur l'heure du midi. L'affiche l'avait interpelée. Elle devait trouver Robert Redford sublime avec sa chevelure blonde, ses yeux bleus et sa mâchoire carrée de capitaine. Le film avait débuté depuis au moins une demi-heure quand un homme obèse était venu s'installer juste devant elle. Il se souciait très peu du dérangement qu'il causait dans la salle. Il marchait d'un pas éléphantesque et respirait bruyamment. Il avait dû relever un accoudoir avant de s'asseoir, car sa masse énorme débordait sur deux banquettes. De sous sa veste de laine évasée qui ressemblait plutôt à une robe de chambre, il avait sorti un sac dans lequel il y avait des morceaux de poulet rôti dans un contenant en plastique et une bouteille de cognac bon marché déjà entamée. L'homme s'était allumé un cigare sur lequel il tirait de façon compulsive. Il se gavait et fumait en même temps, s'interrompant de temps à autre pour noyer le tout avec une gorgée d'alcool. Un nuage de fumée flottait au-dessus de sa tête, il avait la forme dense et tourbillonnante d'un typhon, ceux que l'on voit sur les photographies satellites.

Elle n'arrivait pas à se concentrer sur le film, elle fixait sa nuque, espérait qu'il sentirait peser sur lui son regard désapprobateur et se fasse plus discret. Contre toutes ses attentes, l'obèse ne remarquait rien et continuait de mastiquer comme un lion; il claquait des dents et s'humectait les lèvres avec la langue. Des bouts de viande restaient accrochés dans sa barbe triangulaire et poivrée, lesquels luisaient dans le rayonnement du projecteur, dans la pénombre. Elle avait visionné le film sans vraiment pouvoir en profiter. Alors que le générique se déroulait à l'écran, il s'était

tourné vers elle et avait posé sa main sur son épaule.
Une petite main satinée, manucurée, du genre geisha.
Celle-ci contrastait avec son âge et la vulgarité de sa
physionomie. À cette époque, elle ne savait pas que
cet homme s'appelait Orson Welles. C'est seulement
des années plus tard qu'elle l'avait reconnu dans une
publicité télévisuelle où il vantait les mérites des vins
Paul Masson, dans toute sa splendeur éméchée et
balbutiante.

— What a shame, what a bad investment…

Sa voix était étrangement douce pour un homme
de sa taille.

— I could have done better, I always could've done
better, right? Isn't it right? Tell me?

Il avait ponctué ses questions d'une légère secousse,
de manière sentimentale et presque suppliante. Ce
geste avait attendri ma mère. Son envie de l'insulter
avait disparu et, prise de court, elle n'avait pas su quoi
répondre.

— I suppose… I don't really know…

L'homme était resté interdit. Son regard s'était
rapidement terni, comme le ciel lorsqu'un orage
est imminent. Son visage cramoisi et ses sourcils
broussailleux avaient pris la forme d'une vallée
rocailleuse et peu invitante. On aurait dit qu'une
perturbation climatique avait bouleversé son expression. Elle avait eu un frisson d'appréhension. Il l'avait
scrutée droit dans les yeux pendant un instant, sans
dire un mot, puis s'était esclaffé. Son rire saccadé
couvrait toute une octave en partant du bas vers le
haut. Cette soudaine bonne humeur secouait la graisse
de son triple menton. Il s'était levé en ahanant et
avait quitté la salle, encore hilare. Les éclats de son
rire avaient résonné longtemps avant de s'évanouir
derrière les portes closes. Enfoncée dans sa banquette,
elle était incapable de se relever, comme assommée.

Elle avait envie de pleurer, sans trop comprendre pourquoi.

Elle était finalement sortie du théâtre à la hâte, tremblante, en prenant soin de relever le col de son veston fleuri. Elle marchait rapidement les bras croisés sur sa poitrine et évitait les regards des passants. Elle était retournée chez elle et avait passé l'après-midi assise sur les marches du perron à fumer des cigarettes à la chaîne. Elle s'en allumait une nouvelle avec le mégot de la précédente, absorbée dans ses pensées. Pour qui se prenait ce grossier personnage aux yeux affilés, à l'haleine fétide et chaude comme celle des carnivores ? Était-elle risible à ce point ? Le gros homme l'obsédait. Elle avait l'impression qu'il pouvait réapparaître à tout moment, au coin de la rue ou au volant d'une voiture, toujours en train de pouffer, la bouche pleine, son corps se trémoussant de façon obscène. Elle se frottait les joues et ressassait dans sa tête des répliques qu'elle n'avait pas su lui retourner. Elle aurait dû le gifler, pensait-elle.

Sans plus attendre, elle s'était levée d'un bond, comme si les marches sur lesquelles elle était assise avaient l'élasticité d'un trampoline. Elle était rentrée dans la maison, avait récupéré l'argent qu'elle cachait dans le réfrigérateur sous le bac à glaçons et fait ses valises, puis elle était montée à bord d'un autobus pour Los Angeles. Elle ne savait pas encore ce qu'elle y ferait, mais elle était décidée à ne pas rester une minute de plus dans cette ville qui finirait, elle en était maintenant certaine, par l'étouffer. Elle n'avait rien laissé à l'informaticien, pas un mot, pas la moindre explication. Elle avait simplement emballé ses clés dans l'une de ses petites culottes qu'elle avait déposée, bien en évidence, sur l'oreiller de son amant. Elle avait ensuite descendu l'allée de gravier, tourné à gauche sur le trottoir puis à droite au coin de la rue, sans jamais se retourner. C'en était terminé de San Francisco, elle n'avait plus jamais remis les pieds dans cette ville qu'elle détestait.

*

Elle en avait des haut-le-cœur juste à ressasser ces vieilles histoires. Cela provoquait en elle une tension qu'elle peinait à contenir. Elle pouvait de nouveau entendre le rire du vieil Orson comme s'il était là, devant elle. Les saccades dans sa gorge grasse pompaient au même rythme que les flammes qui s'asphyxiaient tranquillement sous la pluie. Une neige mouillée s'était mise à tomber et s'évaporait dans le feu. Tout en fondant, les flocons grésillaient et le feu en faisait des bouffées opaques et cotonneuses. Les flammes se mouraient, il était maintenant l'heure de se mettre en route.

Je crois que ma mère aurait préféré partir au matin, mais il ne lui servait plus à rien d'attendre. Elle s'est levée, a subitement perdu l'équilibre et a dû se rasseoir pour maîtriser son souffle. Elle avalait avec difficulté les reflux poisseux qui ne cessaient de remonter de son œsophage et qui l'empêchaient de respirer. Dans le creux de ses mains, il y avait des petits amas de mucosités jaunâtres auxquelles se mêlaient des caillots de sang. Elle s'est essuyé les mains sur les coussins du divan et elle est montée dans sa voiture. Puis elle a démarré et elle a disparu entre les rangées d'épinettes qui bordaient le chemin de terre. On n'entendait plus que le crépitement faiblissant des flammes et le chuintement des pneus sur la terre battue qui disparaissaient en fondu dans la nuit, jusqu'à ce que le silence recouvre de nouveau ce lieu qu'elle laissait pour toujours derrière elle.

II.

Mon père avait toujours travaillé dans la pièce à fournaise, au sous-sol. Il aimait entendre l'ouvrage de maçonnerie se réveiller l'hiver en émettant un bruit fatigué pareil à celui d'un vieux moteur de tracteur. Le brûleur se mettait en marche et ses exhalaisons lourdes devenaient comme une présence ronronnante et vivante. Il disait que la fournaise était le cœur de la maison, qu'ainsi il la sentait vibrer jusque dans la moindre solive de ses charpentes. C'est là qu'il écrivait. Il n'y avait pas de fenêtres, le plancher n'était pas fini, à même le béton moite, et entre les lattes de bois du plafond couraient d'innombrables fils électriques poussiéreux gainés de toiles d'araignées.

Au cœur des canicules de juillet, quand la chaleur était insupportable, mon père se déshabillait morceau par morceau au fur et à mesure qu'il écrivait. Lorsque les mots se rebiffaient, il se penchait sur son ordinateur, puis se relevait pour se lire à voix haute. Il tournait en rond, avançait, reculait, revenait sur ses pas et donnait de temps à autre des coups de poing dans les murs qui résonnaient jusqu'au deuxième étage. La sueur perlait sur son front et sur sa poitrine ; de grosses gouttes molles et lentes bavaient sur son corps comme des limaces. À d'autres moments, sans doute pour tempérer la chaleur de son corps brûlant, il se couchait à plat ventre sur le béton froid et restait ainsi toute la matinée sans écrire un seul mot, changeant de joue de temps à autre pour se dégripper le cou. Ces journées-là le

mettaient de mauvaise humeur et il avait alors ce tic
détestable et bruyant qui lui faisait ouvrir la bouche et
se disloquer la mâchoire de droite à gauche.

Mon père s'était acheté une vieille table en érable
massif pour laquelle il avait longtemps couru les
magasins et l'avait installée dans la pièce du sous-sol.
Les tables de travail qui lui plaisaient n'étaient jamais
à la hauteur de celle qu'il avait en tête, néanmoins,
après des mois de recherche, il avait finalement réussi
à dénicher le meuble tant convoité chez un antiquaire.
Mon père avait fait poser la table contre le mur adjacent
à la fournaise. Comme il n'aimait pas son vernis acajou,
il avait entrepris de la décaper lui-même et m'avait
demandé de l'aider, ce que j'avais accepté sans me
faire prier. Au final, je lui avais plus tenu compagnie
qu'autre chose. Chaque fois que je m'apprêtais à
passer le papier sablé enduit de décapant à un endroit,
il prenait le relais même s'il n'avait pas terminé le
coin qu'il était en train de poncer. Mon père frottait
comme un forcené, son vieux chandail était hérissé
de brins de peinture et ses muscles saillaient sous ses
vêtements.

Il me disait que rien ne devait se dresser entre lui
et la matière première. C'était son précepte d'écriture,
mais aussi d'ébénisterie, semble-t-il. « La teinture est
un obstacle à la nature de la table, il faut revenir au
bois brut, et peut-être même à l'arbre sur pied. » Il
appliquait les mêmes principes à ses scénarios : « La clé
d'un personnage peut surgir au détour d'une action,
d'un geste, d'une phrase, voire d'un seul et unique
mot qui achève de sceller son destin et de donner sens
à son existence. Il faut se situer au cœur des choses,
tout est réductible, on ne doit travailler qu'avec les
particules élémentaires. La vie est noyautée, fils, comme
une pêche, comme une prune. » Après avoir sablé un
bon coup, mon père s'arrêtait et passait la main sur la

table comme il aurait caressé la cuisse d'une femme. Il semblait d'ailleurs vouer à sa table un culte étrange. Sans la quitter des yeux, il continuait de m'instruire sur l'essence des choses. Mon père dédaignait le fait que son discours n'était que charabia pour un enfant de mon âge. J'avais sept ou huit ans. Je l'écoutais quand même et les mots qu'il prononçait faisaient surgir devant mes yeux des images disparates et confuses, des fruits parlants et des racines monstrueuses.

Tous les matins, vers cinq heures et jusqu'à neuf, parfois même jusqu'à midi, il s'assoyait pour écrire ou corriger. Il descendait sa vieille cafetière italienne, la laissait refroidir et la buvait tranquillement tout en travaillant. Il ne déjeunait pas, et arrêtait quand ses mains se mettaient à trembler. Il ne fallait surtout pas le déranger; mon père aimait le bruit de la maison, mais pas le nôtre. Je ne me réveillais jamais beaucoup plus tard que lui et descendais moi aussi au sous-sol, dans l'autre partie, rénovée. Comme je n'avais pas le droit d'allumer la télévision, je lisais des bandes dessinées, m'occupais à des casse-têtes ou m'inventais toutes sortes d'aventures avec mes bonshommes soldats. Chacun dans son espace à s'échafauder des histoires. Les miennes remplies de combats extrêmes, de guerres impitoyables, les siennes de vies crépusculaires et brisées. Au final la même chose, mais sous un angle différent. En cela, on se ressemblait; tous les deux plus à l'aise dans les coulisses du réel. Quand mon père avait terminé son quart de travail, il traversait les deux pièces en coup de vent, remontait à l'étage pour déjeuner en me tapotant parfois l'épaule au passage.

Je me souviens d'une fois où lors d'une de ces chaleurs estivales, alors qu'il sortait de la pièce à fournaise, portant seulement un jean détrempé découpé aux cuisses, mon père s'était arrêté brusquement dans son élan, un pied sur la première marche de l'escalier. Il avait ce regard égaré qu'ont les gens qui ne se souviennent plus où ils ont garé leur voiture. Je l'avais dérangé ou il avait simplement fini d'écrire, peu importe. Il était venu s'asseoir à mes côtés, en tailleur sur le tapis alors que j'étais couché sur le ventre. J'avais continué à jouer et feignais d'ignorer sa présence. Il m'observait à la dérobée et tirait avec ses doigts sur les poils du tapis pour les lisser et les faire tenir droit. J'avais espéré qu'il dise quelque chose, qu'il prenne à son tour une figurine et l'anime d'une quelconque façon, mais il était resté planté là à me décortiquer durant plusieurs minutes avec des yeux lourds comme des enclumes. Je me concentrais sur mes jouets, même si je ne les voyais plus vraiment. J'étais trop attentif au corps de mon père à mes côtés, à cette présence exacerbée et chaude qui m'assiégeait. En attente d'une quelconque réaction, d'un geste que j'allais, bizarre pressentiment, devoir esquiver.

Rien de tel n'était arrivé ; mon père était simplement demeuré assis là, le regard perdu dans le tapis, chacune de ses expirations aussi brûlantes que les fumerolles d'un volcan. Les murs du sous-sol étaient en préfini, c'était avant que l'on fasse poser du gypse. Les panneaux étaient peints d'un beige cassé avec des nuances roses. Gondolés par l'humidité, les murs m'avaient semblé durant cet instant plus malpropres qu'ils ne l'avaient jamais été. Les éraflures laissées par les meubles, les taches de doigts, la peinture écaillée et les moutons de poussière me sautaient aux yeux. Il y avait de la crasse partout, c'était dérangeant. Au fil de cette révélation – et il s'agissait bien, je me rappelle, de quelque chose de surgissant –, je m'étais senti devenir moi-même souillé. Toutes ces salissures se transformaient sous mes yeux en sons et en bruits que j'étais le seul à entendre ; j'étais au cœur d'un vacarme muet comme dans l'œil d'un ouragan.

Durant cet interminable instant, j'avais été saisi d'une féroce envie de faire le ménage. De tout ranger. C'était la seule chose à laquelle je pouvais penser, mais j'étais incapable de faire autre chose que de brandir mes figurines à bout de bras. Je les faisais parler d'une voix hystérique qui m'énervait de plus en plus. Leurs membres de plastique flexibles étaient reliés par des élastiques, je les tordais et obligeais les figurines malmenées à lutter pour leur survie dans des postures impossibles. Pendant trop longtemps, j'avais feint de m'amuser de la sorte. Je poussais des cris en crescendo de ma voix de jeune soprano, la même qui d'ordinaire aurait dû exaspérer les oreilles de mon père qui était subitement devenu moine bouddhiste en pleine séance de tonglen. Peut-être qu'en réalité seulement quinze petites minutes s'étaient écoulées, mais le temps m'avait paru s'étirer comme de la tire à la mélasse.

À la fin, mon père s'était levé et avait appuyé sur mon nez avec le bout de son index. Je revois sa langue rose et molle, petite émergence insidieuse au coin de ses lèvres, humide et luisante… Sa bouche avait émis un son farfelu, pareil à la détonation d'un jouet imitant un fusil laser. Mon père souriait, comme si nous venions de passer ensemble un moment d'une complicité fondamentale. À l'instant où il montait les escaliers, j'avais soudainement eu très faim même si je venais de manger un bol de céréales. Mon ventre n'arrêtait pas de gargouiller, mais j'avais tout de même attendu un moment avant de monter à mon tour pour aller dans la cuisine. Toujours couché sur le tapis à contempler mes bonshommes soldats étalés devant moi par ordre de grandeur, j'écoutais les bruits insistants que mon corps émettait, comme vidé ; le sous-sol était redevenu tel qu'il devait être. Ce qui était si présent plus tôt sur les murs et partout dans l'air était retombé sur le sol. Le vacarme avait cessé.

*

Le silence de mon père, celui qu'on avait partagé ce
matin-là dans le sous-sol, je l'entendais de nouveau
dans la voiture, alors que nous passions le pont
Pierre-Laporte. Je ne le savais pas encore, mais cette
atmosphère allait stagner entre lui et moi jusque dans
le Nord. Jusqu'à ce qu'on en prenne la pleine mesure.
Mon père conduisait, on avait pris sa voiture, j'avais
laissé la mienne au chalet. On ne s'était pas vraiment
adressé la parole depuis qu'on était partis, rien du
moins qui vaudrait la peine d'être évoqué. Je n'avais
pas osé lui demander pourquoi il s'était décidé à faire
le voyage avec moi, il devait avoir ses raisons, mais je
commençais à regretter de le lui avoir proposé. J'avais
du mal à interpréter son visage de mollusque. J'ai
incliné mon siège, ôté mes bottes et posé mes deux
pieds sur le coffre à gants. Les relents de mes bas
de laine humides se répandaient dans l'habitacle, je
cherchais à provoquer une réaction, quelle qu'elle
soit, exaspéré par l'ennui ; j'entendais marquer mon
territoire dans la voiture. Ça le dérangeait, je le savais,
mais je l'ai tout de même fait et il n'a rien dit. De toute
façon, j'aurais très bien pu être assis à l'arrière, séparé
de lui par une vitre comme dans les taxis new-yorkais,
il n'y aurait pas vraiment eu de différence.
    Ses yeux faisaient l'aller-retour entre mes pieds
déchaussés et la route, une veine bleue saillait sur sa
tempe, mon père retroussait ses pommettes de haut en
bas, le châssis noir de ses lunettes rebondissait chaque
fois sur l'arête de son nez. Il a finalement baissé le
volume de la radio.
    — On va s'arrêter.
    — Faire quoi ?
    — Prendre une pause, manger, boire un café…
    — Ça peut attendre.

80

— Ça peut s'faire tout de suite aussi, pas besoin de tout reporter tout le temps.

— Je reporte pas tout le temps…

Il s'est tu et n'a rien rajouté. Ses doigts pianotaient sur le volant, il était en plein solo de jazz. Toujours en train de bouger, de tripoter, d'agripper, de toucher à tout ce qui lui tombait sous la main ; ses doigts devaient toujours être en train de courir. C'est peut-être pour cela qu'il s'était mis à écrire.

— Ton grand-père est enterré à Québec… C'est pas loin d'ici.

Je n'avais jamais connu le père de mon père, il était mort bien avant ma naissance, bien avant que mes parents ne se rencontrent. Assez jeune, d'un arrêt cardiaque je crois. Mon père ne parlait jamais de lui, je ne savais même pas de quoi il avait l'air. Chaque fois que je lui avais demandé accès à ses albums photos, à n'importe quels témoignages ou reliques de son passé, un peu pour me découvrir au travers du sien, mon père avait refusé, prétextant que tout cela était bien rangé dans des boîtes dans lesquelles il n'avait aucune envie de fouiller. J'y avais vite renoncé ; mon grand-père resterait un visage flou, tout comme le reste. Il avait habité la région de Québec, manifestement. J'ai acquiescé d'un bref hochement de tête sans savoir pourquoi il me disait cela, n'y accordant qu'une importance convenue, de circonstance, et j'ai continué à regarder la route.

Alors qu'on attendait que le feu rouge passe au vert, la voiture s'est mise à danser en suivant le tempo de la chanson qui jouait à la radio. De toute évidence, mon père voulait détendre l'atmosphère. Il enfonçait et lâchait le frein en plusieurs petites saccades, un va-et-vient qui lui rappelait sans doute les coups de bassin des danseurs qui avaient commencé à se dandiner dans sa tête. Il faisait d'ailleurs souvent ça quand j'étais plus jeune, ça l'amusait. Peut-être qu'il croyait que je trouvais ça drôle moi aussi. De façon téméraire, au beau milieu de l'autoroute, il me montrait comment dompter la voiture et la faire se «trémousser». Mon père s'imaginait probablement en train de chevaucher un taureau. Puis d'un coup, sans avertir, il enfonçait l'accélérateur jusque sous le tapis. On était presque en passe de s'envoler, la voiture se mettait à léviter au-dessus de l'asphalte à une vitesse vertigineuse. Il m'indiquait le bouton des feux de détresse, avec ses deux triangles rouges imbriqués dont l'attrait et la fatalité n'avaient d'égal pour moi que le levier d'un siège éjectable ou le système de commande d'une bombe nucléaire. On était dans le cockpit de l'Enola Gay, j'étais Little Boy.

«Allez, pèse dessus, t'as rien qu'à peser dessus pis on s'envole, Bagdad, Berlin, Bangkok, où tu veux!» Mon père criait pour déployer les ailes de sous l'armature; notre voiture était un bolide de course, elle allait se transformer en avion à réaction. Il me prenait la main, la tendait de force vers le bouton, moi hurlant de l'angoisse rouge plein les yeux, terrorisé. Je lui agrippais le bras, mes ongles dans sa peau jusqu'à le faire saigner. Je nous voyais déjà décoller et nous écraser quelque cent mètres plus loin dans une explosion de ferraille et de feu. Des morceaux de corps carbonisés éparpillés çà et là sur l'autoroute, du sang partout, des kilomètres de carrosseries éventrées et embouties, carambolage mythique dont on allait être responsables tous les deux. Puis mon père me relâchait, s'étouffant de rire, et me repoussait d'un revers du coude.

Des années plus tard, lorsque j'avais découvert Daniel Johnston – un artiste culte de la fin des années quatre-vingt –, m'étaient revenues à l'esprit les envolées périlleuses de mon père. Envoûté par ses chansons simples et maladroites, mais si sincères, j'avais commandé tous ses enregistrements, restaurés en format cassette par son ancien gérant. En fouinant sur Internet, tous onglets ouverts, j'étais tombé sur cette histoire invraisemblable. Ça ne s'invente pas : Johnston venait de donner un concert à Austin et son père, pilote de l'Air Force à la retraite, était venu le chercher pour le ramener à la maison. Ils étaient repartis ensemble à bord de son avion monomoteur à deux places. Dans un accès de psychose (féru de bandes dessinées, Daniel Johnston se prenait pour Casper le petit fantôme, donc en mesure de voler), il s'était précipité sur la clé alors qu'ils étaient déjà en plein ciel, avait coupé le contact et l'avait jetée par la fenêtre. Son père était parvenu à atterrir en catastrophe, malgré la forêt qui s'étendait sous eux et dans laquelle ils n'avaient pu faire autrement que de plonger.

L'avion était détruit, mais miraculeusement les deux rescapés s'en étaient extirpés avec des blessures superficielles. Après être parvenus à sortir du bois, ils avaient aperçu une église devant laquelle ils s'étaient arrêtés. Encore ébranlé par le choc, en plein délire, Daniel Johnston s'était approché de la façade. Il y était écrit *God promises a safe landing but not a calm voyage*. Il s'était mis à danser, à vociférer, avait pris son père par les deux bras sans remarquer les larmes qui inondaient le visage de son pauvre géniteur, les deux tournoyant sur eux-mêmes comme en pleine séance de Zorba, alors que les passants commençaient déjà à s'attrouper autour des deux hommes. L'un y avait lu un signe de Dieu, l'autre un signe de folie. Daniel Johnston avait été admis à l'hôpital psychiatrique quelques jours plus tard.

Mon père était peut-être fou lui aussi, qui sait, certainement pas moi, je n'étais pas en mesure de prononcer un tel diagnostic. À l'époque de ces balades en voiture, il ne passait déjà plus beaucoup de temps à la maison, il y venait seulement deux ou trois fois par semaine. Quand la température le permettait, il m'emmenait manger dans le stationnement d'une cantine au coin de Papineau et Jarry, toujours la même, où je prenais toujours le même combo : cheeseburger, petite poutine, milkshake à la vanille. On allait ensuite au parc regarder les parties de balle molle alors que le soleil se couchait. On s'assoyait dans les estrades et mon père m'expliquait les règlements et commentait les jeux en cours. «Jamais l'premier soir, patient payant», lançait-il de toutes ses forces au frappeur avec sa voix grave et roulante. Je lui posais toutes sortes de questions pour lui faire plaisir alors que le sport, en général, m'ennuyait. Pourtant, j'appréciais ces soirées-là où j'étais seul avec lui, emmitouflé dans son chandail de laine qu'il me tendait lorsque le vent se levait et que le soleil avait disparu. Nous deux côte à côte, bercés par les cris aux accents sautillants des Latinos sur les terrains. Quand les projecteurs s'éteignaient, il me ramenait à la maison, y dormait parfois, mais la plupart du temps, il repartait aussitôt pour un endroit qui m'était inconnu.

Il y avait d'autres soirs où il rentrait et ne m'adressait pas la parole. Dans ces moments-là, mes parents montaient à l'étage et s'enfermaient dans leur chambre. Je m'approchais à pas de loup et rampais parfois sur le plancher jusqu'à leur porte, petit soldat improvisé se glissant sous des barbelés imaginaires. Je collais ma tête au sol et les observais par la fente inférieure de la porte. J'essayais d'interpréter les soubresauts et les tressaillements de leurs pieds. D'où j'étais, leurs pieds semblaient vivants, ils frémissaient comme des gerbilles dans le vivarium d'un python. Leurs voix étaient trop étouffées, j'entendais mes parents murmurer, sans être en mesure de saisir quoi que ce soit. Seul le ton de leur discussion me parvenait, mouvementé comme les marées de pleine lune. Toujours de la même façon :

ça montait, il y avait un point culminant, et puis ça redescendait. Il n'y avait plus rien à dire.

Un soir, mes parents avaient failli me surprendre. J'avais réussi à courir jusqu'à ma chambre, à sauter dans mon lit et à me glisser sous les couvertures, mais ma mère avait dû me voir passer la porte. Ma lampe de chevet était éteinte. À contre-jour dans la lumière du couloir, sa tête inclinée était apparue, puis le reste de son corps, et finalement sa silhouette entière. Elle était restée un instant dans l'entrebâillement de la porte, une main en appui sur le cadre, l'autre sur sa taille. Je l'observais, yeux grands ouverts, et j'attendais la suite, sans savoir si elle pouvait voir mon visage dans la pénombre. Ma mère s'était rapprochée sans faire de bruit et s'était assise doucement sur mon lit. Ses doigts enserraient fermement ma cuisse contre laquelle elle était accotée. Je ne crois pas qu'elle s'en rendait compte, elle était d'ordinaire trop douce pour une telle poigne. Ça faisait mal, je l'avais laissé faire, tiraillé entre l'envie de la repousser et qu'elle me prenne dans ses bras.

Avant de partir et de fermer la porte derrière elle, elle avait frôlé mon visage avec sa main moite qui sentait le savon à vaisselle. Elle avait fermé mes paupières avec son pouce et son index, comme on le fait avec les morts. J'étais resté ainsi allongé sans bouger, le corps cimenté. Je m'imaginais transformé en momie; la mort avait desséché et racorni tous mes membres. Incapable de m'endormir, je n'osais pourtant ouvrir ni les yeux ni la lumière. Je me voyais tout petit dans mon cercueil, des visages aux traits indistincts, gris et sans nom, penchés sur mon corps revêtu d'un complet cravate générique. J'essayais de comprendre ma propre disparition au fil des conversations sépulcrales qui bourdonnaient dans ce salon funéraire imaginaire où l'on me célébrait pour la dernière fois.

Qu'est-ce que c'était la mort? Pouvait-on se réincarner? J'avais toujours voulu revenir oiseau-mouche ou ornithorynque. Mais pas cette nuit-là. Pas de fantaisies. Mourir, ça avait été ne plus voir ni bouger ni sentir ni gouter ni entendre, penser seulement, seul et banni hors du temps, dans un espace en suspension et sans couleurs. Esprit fantôme, esprit sans refuge, conversation avec le silence, je tombais dans le vide, mais on me retenait quelque part. Personne ne m'avait expliqué pourquoi mon père s'absentait de plus en plus souvent, pourquoi mes parents ne se séparaient pas malgré une situation visiblement tendue. Ni elle ni lui. Et je n'avais jamais posé de questions. Au fond, personne ne savait quoi que ce soit. On était là tous les trois, famille malgré nous, à faire comme si de rien n'était. On partageait cette maison de plus en plus étouffante comme des collègues de bureau bloqués dans un ascenseur.

*

— Là.

Maison J. Desrosiers, services funèbres. Mon père me la montrait du doigt. Elle était située sur notre gauche, juste devant nous. Sans prendre le temps d'attendre, sans m'inviter à le suivre, il a stationné la voiture, en est descendu et s'est dirigé vers la bâtisse. Je l'ai regardé disparaître à l'intérieur, puis j'ai remis mes bottes et suis sorti à mon tour. Je n'avais aucune envie de magasiner une urne pour ma mère morte, pas maintenant. On s'occuperait de ça une fois rendus sur place.

C'était un immeuble à logements, construit sur le long, qui datait probablement des années soixante. Ça devait déjà faire un certain temps qu'il avait été reconverti. Hormis la dalle de pierre dressée comme un monolithe sur le parterre avant pour annoncer les services, rien n'indiquait qu'on y raccommodait des cadavres. Une bâtisse tout à fait ordinaire, un peu grise, fondue dans son décor. Il y avait beaucoup de neige et à l'opposé du monolithe sur l'autre côté de la pelouse recouverte, une triste fontaine ensevelie qui devait servir à égayer l'endroit l'été. L'allée qui menait à la porte d'entrée, et au milieu de laquelle je patientais en pompant sur une cigarette, était par contre parfaitement déblayée. Je me demandais combien de gens y avaient vécu, combien de gens y étaient morts. Et quel étage avait été aménagé en local de thanatologie ? Étrange métier que celui d'enjoliver la mort et de tenter en vain de la sublimer par l'apparat. Seule méthode que nous avons pu trouver pour nous soustraire à elle le plus longtemps possible, rituel au final le plus humain qui soit, le plus à même de nous différencier de l'animal. Ma mère devait déjà avoir commencé à sentir mauvais. À coup sûr, les gaz de fermentation jusque-là retenus dans ses entrailles s'échappaient maintenant de sa bouche entrouverte sous forme de petites bulles d'air pestilentielles. J'ai visé la coupole supérieure de la fontaine avec le mégot de ma cigarette, l'ai manquée de peu et suis entré à mon tour.

Passé le portique, tout semblait figé. J'avais le sentiment de pénétrer dans le passé, carrément. C'est aux personnes âgées, la plupart du temps, qu'on vendait le repos éternel. Il fallait bien que les vieux s'y reconnaissent un peu, qu'au moins ils s'y sentent à l'aise. Les murs étaient recouverts d'un papier peint jaune crème. Y étaient accrochés des cadres de bois bruns dans lesquels étaient affichées des photos d'époque en noir et blanc. Le plancher était recouvert d'un tapis, probablement pour feutrer l'atmosphère pourtant déjà assourdie. Le long couloir où je me trouvais était parfaitement symétrique ; tous les trois cadres, un luminaire mural de type chandelier jetait un éclairage blafard. Il y en avait deux autres suspendus au plafond, à chaque extrémité.

La mort ici appartenait à une autre époque, à un temps hors du temps. Un temps mort, mais intact, que l'on pourrait conserver comme un cœur de bœuf dans un pot de formol. Il y avait quelque chose de tristement rassurant dans cet endroit pour ainsi dire en suspension, et c'est sans doute ce qu'on venait y chercher. Le rite funéraire est une affaire de préservation, d'un point de vue matériel et sentimental ; la tristesse, au même titre que la fixité familière et réconfortante des meubles, doit obligatoirement faire partie de l'équation. J'osais à peine avancer dans le couloir de peur de déranger cette immobile sérénité. Un pas de plus et tout se brouillerait, quelque part loin d'ici dans une mer oubliée, le sable étalé depuis toujours au fond de l'eau se soulèverait sous l'effet d'un courant brusque, d'un pied qui passe par là. Il y aurait un impact. Mais où était mon père ? Comme je m'apprêtais à ressortir, peu enclin à poursuivre mon chemin dans cette bâtisse glauque, une voix m'a interpelé.

— On peut vous aider ?

Je me suis retourné, cherchant à qui appartenait la voix.

Une grande femme à la carrure imposante – elle me dépassait d'au moins une tête –, dont les cheveux roux carotte étaient coupés court, est venue me rejoindre. Sa lèvre supérieure était mince, si bien que ses dents en oblique étaient constamment à l'air libre. Elle portait un ensemble tailleur kaki à épaulettes qui lui allait à merveille.

— Vous planifiez des funérailles ?

Je n'aurais jamais dû entrer ici.

— J'cherche mon père... Y vient juste d'entrer.

— Le grand gris ? Y est dans la chambre mortuaire...
C'est au bout, à droite.

Son visage m'était familier, sans que je sois en
mesure de m'expliquer pourquoi.

— Voulez-vous que j'vous renseigne sur nos
services ?

On est restés là l'un devant l'autre : moi mal à
mon aise, incapable de lui répondre, transpirant, elle
montagne de douceur qui me dominait, infranchissable
sommet écarlate au sourire perce-cœur. Il y avait
quelque chose de lumineux chez cette femme, dans sa
voix, dans ses cheveux, quelque chose qui vous ramollit
l'intérieur.

— Suivez-moi.

La dame avait sans doute compris mon désarroi, du
moins l'avait-elle pressenti. Elle m'a pris par la main et
entraîné avec elle sans la lâcher. Ce geste qu'on aurait
dit instinctif et d'une délicatesse sans pareille m'a pris
de court. On a traversé le couloir, moi un peu derrière
elle, elle me guidait, et on est entrés dans une grande
pièce à la décoration semblable à celle du couloir. Sur
le mur de notre droite étaient exposées des urnes, bien
en évidence sur leurs étagères. La femme s'est assise
dans un fauteuil à deux places au fond de la pièce et
m'a invité à la rejoindre. Sur la table basse, il y avait
des magazines empilés, des catalogues contenant des
conseils sur le choix d'un cercueil ou d'une urne,
probablement. Malgré l'étrangeté de la situation, je me
suis assis à ses côtés, c'était tout naturel. Elle regardait
les urnes, toujours souriante, elle n'avait pas lâché ma
main. Son visage incitait à la confession, on était attiré
vers elle comme un papillon de nuit par un lampadaire.
C'est sorti tout seul.

— Ma mère est décédée...

Je ne savais pas quoi ajouter, ni pourquoi je me
confiais à une inconnue, mais un sentiment d'urgence

m'avait envahi et les phrases se bousculaient dans ma bouche pour sortir. Au même instant, mon père est apparu dans le couloir. Il s'est avancé vers nous, puis il s'est ravisé. Il me fixait, immobile, son visage plus fatigué qu'à l'habitude. Sans le quitter des yeux, j'ai continué à parler.

— Elle s'est suicidée, on s'en va la chercher, mon père pis moi. On s'est arrêtés ici... Mon père voulait qu'on s'arrête... Elle veut être incinérée. J'me sens comme si je l'avais abandonnée...

Ma voix se perdait dans la pièce pratiquement vide sans trouver d'écho ; j'ai donc haussé le ton et l'éclairage tamisé est devenu plus vif, éblouissant.

— Comme si on l'avait abandonnée... J'sais pas pourquoi j'vous dis ça... J'sais même pas ce qu'on est venus faire ici...

En prononçant ces dernières phrases, je me suis aperçu qu'il s'agissait d'un questionnement inhabité. Peu après, mon père a disparu de mon champ de vision, il s'était dirigé vers le portique. Je me suis tourné vers la dame, je ne sais pas si elle avait remarqué la présence de mon père. Ses yeux s'étaient assombris, sans toutefois que cela affecte son sourire tenace, poutre de soutien de tout son être. Elle a détourné le regard, balayait la pièce de long en large. Le mien s'est porté sur le sol. Y avait-il autre chose à dire ?

— On se demande toujours qui a abandonné qui...

La dame a dit ça tout bas. Quelque chose se préparait, je l'ai laissé continuer.

— J'ai perdu quelqu'un, moi aussi... Récemment... Mon mari...

Il y a eu un déclic. Je venais de m'improviser, à mon insu, accoucheur d'une parole douloureuse, d'un travail de mots qui ne s'interromprait plus. Je ne m'attendais pas à cela. Je me souviens parfaitement de l'histoire qu'elle m'a racontée, elle ne m'a épargné

90

aucun détail, y est allée d'une franchise impitoyable. Jamais quelqu'un ne m'avait paru si imprégné de son expérience. Comment pouvait-elle après ça continuer à travailler dans les pompes funèbres ? Elle s'est lancée, comme quelqu'un qui saute en parachute.

— J'te rappelle dans deux jours, y fait froid ici... Ça, c'est les derniers mots qu'y a prononcés quand on s'est parlé au téléphone... la dernière fois. Y était malade... Y buvait. J'en trouvais cachées partout, des bouteilles. Derrière ses romans policiers dans la bibliothèque, dans le réservoir de la toilette, sous le matelas, dans ses bottes d'hiver, partout. Y ont leurs cachettes, elles se ressemblent toutes... À huit heures le matin, du scotch au goulot ou dans son jus d'orange, des fois à peine sorti du lit... On a acheté une maison en Gaspésie, mon mari vient de Chandler... venait... J'pensais que ça y ferait plaisir. Sur le bord de la mer, l'an dernier, y passait de plus en plus de temps tout seul là-bas. Fallait que j'reste ici pour m'occuper de tout. V'là trois mois, on m'a annoncé la nouvelle... trois jours plus tard... Trois jours tout seul à pourrir, pis j'ai pas pensé à lui une seule fois, pas une, pendant ce temps-là... C'est les voisins qui ont découvert le corps... Je m'étais arrangée avec eux pour qu'y veillent sur lui. Y passaient à l'improviste, une ou deux fois par semaine, jasaient un peu avec lui sur la véranda... Y me téléphonaient si y avait pas l'air bien... Y m'appelaient pas mal tout le temps. Je leur disais de pas s'inquiéter... J'avais l'habitude de ses absences...

La dame a pris une courte pause pour se gratter l'arrière de la tête. Le son que faisaient ses ongles dans ses cheveux avait quelque chose de brutal dans le silence feutré de la pièce. Des pellicules sont tombées sur les épaulettes de son veston, et la vue de ces petites squames de peau éparpillées sur le tissu m'a fortement ému, sans que j'arrive à savoir pourquoi. Je me suis concentré sur son visage, sans vraiment parvenir à faire abstraction de ce soudain bouleversement.

— Cette fois-là, y leur a pas ouvert la porte. Comme sa voiture était parquée dans l'allée, y ont fait le tour du chalet, en regardant par les fenêtres... Y l'ont vu à travers la fenêtre du salon, au pied des escaliers, dans une position... Je les ai harcelés, je voulais tous les détails, trop peut-être, mais y fallait. Y ont été compréhensifs... Face contre terre, recroquevillé sur ses genoux, les avant-bras à plat sur le plancher... Les pantalons... les pantalons baissés jusqu'aux chevilles... Y avait perdu beaucoup de poids dans les derniers mois... Ses jambes devaient être tendues pis frêles comme du bois sec... pis souillées... La maladie l'avait rendu incontinent... Y portait des couches, y avait tellement honte... Peut-être qu'y a senti la mort quand elle est venue, que dans un accès de lucidité y a voulu changer de vêtements... Être sûr de bien paraître quand on le trouverait. Y a manqué son coup, ça rend la chose encore plus triste... J'aurais pas dû insister, mais fallait que j'sache... Fallait que j'puisse le voir. Que j'le voie, lui... Comment est-ce qu'y a pu se ramasser de même ? À terre en train de se prosterner sur le tapis quand son cœur a lâché... comme si y avait prié pour partir... Des fois j'me prends à souhaiter qu'y ait vraiment été en train de prier, qu'y soit mort en dialoguant, qu'une présence l'ait accompagné... Y avaient déjà évacué son corps quand j'suis arrivée. La maison était dans un état lamentable, y ont traité l'affaire comme une scène de crime pis y m'ont posé toutes sortes de questions... Les morts nous lèguent juste des questions... C'est l'odeur qui m'a le plus frappée. Une odeur de pain rance... Ça rôdait... J'ai tout de suite compris ce que j'venais de perdre, ce que j'avais laissé partir...

Elle s'est tue un instant. On pouvait presque apercevoir, comme si elles avaient été tatouées sur ses rétines, les images qu'elle décrivait et qui dorénavant y défileraient sans cesse, de plus en plus mystifiantes, de plus en plus irréelles.

— On aurait dit qu'y s'était battu, y avait des traces de sang sur le plancher pis sur les murs, de la vaisselle cassée, des meubles renversés… Des bouteilles pis des restants secs de baguettes, y se nourrissait de pain pis de scotch… Sans compter… sans compter la merde… Pendant une semaine, j'me suis rejoué sa mort dans la maison, avant de faire le ménage… J'me la suis infligée… J'me couchais là où y est tombé, j'repassais de la cuisine au salon, en renversant des trucs… le téléphone, une lampe, ce qui me tombait sous la main… Me suis même enfargée par exprès dans les escaliers… J'ai déboulé, me suis fait mal…

Elle a inspiré un grand coup et a poursuivi. Elle se parlait désormais à elle-même, je n'existais plus.

— J'crois pas à ça, moi, la mort douce… On part toujours dans la violence… Y en reste des traces sur tous les corps que j'ai vus et qu'on a tâché de rendre présentables… C'est pas si différent d'une naissance, on est arraché à quelque chose… comme un grand chêne qui se déracine… Quand je l'ai vu le visage boursouflé, le tour des yeux enflé bleu et jaune, les lèvres tirées vers le bas, pincées comme si y retenait quelque chose dans sa bouche… J'ai vu pire : les enfants, ça c'est le pire… Ce qui m'a le plus marquée, c'est la cravate hideuse qui pendouillait de travers sur sa chemise blanche… Une cravate noire, commune… générique… La pointe trop large, toute fripée… Pourquoi y portait une cravate ? Mon mari a jamais porté de cravate. Même aux cérémonies… Pourquoi c'te jour-là une cravate ? J'ai voulu l'arracher, l'étrangler avec, mais j'me suis retenue… À quoi ça sert d'essayer de tuer un mort…

Elle s'est interrompue une dernière fois, je ne savais pas quoi faire de mon corps dont j'étais subitement trop conscient. Plus elle parlait plus le sien se penchait vers l'avant, alourdi par le poids des confidences. Elle a relevé la tête.

— C'tait sûrement planifié, y a jamais voulu s'faire soigner, jamais… Y s'est bu le cœur jusqu'à ce qu'y lâche… Pis je l'ai laissé faire, en quelque part j'savais… Peut-être même que j'espérais que ça s'fasse vite… pis maintenant j'suis prise avec. On penserait qu'on s'habitue à tout ça, surtout moi, étant donné mon travail… mais non… on s'y fait pas. J'ai ses cendres avec moi, dans un pot Mason… J'ai pas voulu le mettre dans une urne, j'en vois trop passer, ça pourrait être n'importe qui… Sur ma table de chevet, j'm'endors pis j'me réveille avec lui pis, si j'dois sortir, je l'emmène, j'devrais dire *je l'apporte…* Y est avec moi dans ma sacoche. J'arrive pas à le laisser partir, pas une deuxième fois… Pis pourtant, des fois, j'le lancerais au bout d'mes bras…

Elle n'avait pas succombé au drame, ni aux pleurs. Juste cette clairvoyance résignée, vive, et ce sourire pareil à une forteresse qui ne l'avait pas quittée une seule fois durant sa confession. Il y a eu un silence.

— Y me manque… Son souffle me manque.

Elle a posé sa main sur mon avant-bras. Je voulais lui demander pourquoi elle m'avait raconté son histoire, pourquoi elle s'était confiée à moi, mais elle s'est excusée et mes questions sont restées en suspens.

— J'suis désolée… J'sais pas ce qui m'a pris…

Et moi de répliquer, avant même de le penser.

— Moi aussi, j'suis désolé…

On ne s'est plus rien dit. Sa main sur mon bras, tiède. Le rouge du tapis et cette odeur poussiéreuse qui me donnait envie de tousser. L'éclat or et argenté des urnes. Et cette dame dont je ne connaissais pas le nom et avec laquelle je venais tout juste de troquer des mots gris, complices d'une douleur partagée. Je devais aller rejoindre mon père, il m'attendait sûrement dehors.

— J'dois y aller… Faut que j'y aille…

Je me suis levé, je suis parti, la dame n'a rien fait pour me retenir. Il n'était pas question de prendre des arrangements funéraires, il n'en avait jamais été question, d'ailleurs. Juste avant de passer la porte, je me suis tourné vers elle. Elle m'observait, mais ses yeux voyaient autre chose, à des kilomètres d'ici, posés sur les murs d'une maison vide, près de Carleton. Elle m'a adressé un signe de la main, mais je ne lui ai pas répondu. Je le regrette encore.

Une fois dehors, j'ai pu respirer normalement. Le froid était vif, ça faisait du bien. Je me suis dirigé vers la voiture, mon père y était adossé. Arrivé à quelques mètres de lui, j'ai ralenti le pas. Il était bouleversé, on aurait dit un petit garçon. Je me suis approché de lui avec l'impression que je m'apprêtais à tendre la main à un enfant perdu dans un centre commercial.

— P'pa… on va s'en sortir…

Mon père m'a interrompu en posant sa main sur ma poitrine. Je ne me souviens pas de ce que j'ai voulu lui dire à ce moment-là, mais je suppose qu'il s'agissait d'amour. Ce jaillissement de tendresse à son égard s'est estompé aussi vite qu'il m'avait pris au dépourvu. Sa voix de contrebasse vibrait.

— J'ai même pas été capable d'entrer…

J'ai enfin compris pourquoi on s'était arrêtés ici.

— J'y suis même pas allé, à ses funérailles, pas plus que sur sa tombe…

J'avais cru jusque-là que, fidèle à ses habitudes, mon père avait tout mis en scène. Il avait voulu me montrer la mort en me larguant au beau milieu des cercueils et des urnes afin de lui donner figure et contenance, pour me préparer à ce qui nous attendait à Baie-Comeau. C'était une mesure lugubre et préventive. Ou avait-il espéré me faire participer au choix d'une urne pour ma mère, afin d'honorer je ne sais lequel de ses principes? Sûrement pas. C'est de lui qu'il était question, encore une fois.

C'est ici qu'avait eu lieu la cérémonie en l'honneur de son père. Mais pourquoi maintenant? Pourquoi cette réconciliation impromptue avec ce pan de son passé? Je trouvais cela détestable, étant donné les circonstances qui nous avaient menés ici... Il vampirisait mon pèlerinage, celui que j'avais entrepris à la mémoire de ma mère. Celui qui aurait dû être le nôtre, mais duquel de toute évidence il n'avait que faire. Je le haïssais en cet instant de toutes mes forces. Là devant moi, mon père soleil, ma mère et moi planètes – éternellement relégués dans son orbite – il était devenu l'unique responsable de tous nos malheurs.

— Pourquoi? Pourquoi tu fais ça?

Il n'a pas compris le sens de ma question, à quoi je faisais allusion.

— J'voulais pas avoir à me le rappeler comme ça... Ça tue tout, l'embaumement, même les souvenirs, ça prend toute la place... Après ça, y te reste rien qu'ça comme image, le corps, l'enveloppe... tu comprends? C'est pour ça que j'suis pas allé, j'voulais pas le voir vide... transformé en pierre...

Non, je ne comprenais pas. Je ne comprenais pas que tout s'était confondu pour lui. Qu'il était en réalité question de ma mère, de notre relation, de ses erreurs passées et de celles qui ne manqueraient pas de venir et qu'il essayait ici d'expier. Tout cela entortillé comme du fil de pêche, lui serrant le cœur, prêt à exploser.

— Tâche de pas faire comme moi...

J'ai enlacé mon père, je l'ai embrassé sur la joue et mon visage a cogné abruptement contre le sien. Mes mains dans son dos, agrippées à ses épaules que je voulais briser. Mes mains comme les serres d'un aigle, le serrant à lui faire mal. Je sentais sa respiration difficile sous mon étreinte, sa poitrine qui forçait contre la mienne pour se soulever. Des flocons de neige duveteux s'accumulaient dans les cheveux de mon père, certains fondaient et perlaient en gouttes sur ses tempes, alors que d'autres restaient suspendus au bout de ses mèches rebelles. Une voiture a passé, puis une autre. Ça a pris un moment avant qu'on poursuive notre route.

III.

J'imagine que ma mère a roulé toute la nuit ; elle s'est peut-être arrêtée ici et là un peu avant Québec pour boire un café et se dégourdir les jambes. Elle se prenait des crampes dans les mollets et les cuisses quand elle restait trop longtemps assise. Elle a d'abord fait un détour par Montréal pour aller revoir son ancienne librairie, celle dont elle avait été propriétaire pendant la majeure partie de sa vie. La librairie était située au rez-de-chaussée d'un duplex reconverti en magasin, encastré entre un dépanneur et une quincaillerie sur la 1re Avenue dans Rosemont. Elle s'est garée juste devant la boutique et, bien au chaud à l'intérieur de sa voiture, elle a contemplé les ouvrages exposés dans la vitrine, pour la plupart des livres usagés. Surtout des classiques de littérature américaine, les mêmes qu'elle avait vantés et vendus aux quelques clients habitués qui avaient fréquenté son commerce pendant toutes ces années. Elle entretenait une relation ambivalente avec les États-Unis. Elle n'y serait pas retournée, même contrainte et forcée. Toutefois, elle ne pouvait pas se passer des grands auteurs américains dont elle raffolait, avec lesquels elle se sentait une filiation viscérale.

D'où elle était assise, elle se revoyait à l'intérieur de sa librairie, dans la position du lotus, les coudes bien calés sur les genoux, le nez presque collé sur les pages du roman dans lequel elle était plongée au fond de son fauteuil bourgogne aussi moelleux qu'un matelas – qui n'était plus là, d'ailleurs – derrière le grand bureau en acajou qui faisait office de comptoir-caisse. Quand quelqu'un passait la porte, elle levait la tête avec un léger retard, sans considération pour le son de la cloche. Il fallait d'abord qu'elle termine la phrase qu'elle avait commencée et qu'elle se rende même parfois jusqu'à la fin de son paragraphe.

La plupart se demandaient d'où provenait cette voix ouatée et chuchotante qui les accueillait ; ils se penchaient d'un côté puis de l'autre entre les rayons remplis de livres, sursautaient en apercevant sa minuscule tête qui dépassait à peine le rebord du bureau. Tout était classé dans le désordre, suivant sa logique personnelle. Elle était la seule à pouvoir s'y retrouver et devait immanquablement guider les clients qui, las de sonder en vain les étagères à la recherche d'un livre en particulier, se référaient à elle. Lorsqu'elle avait vendu la librairie, le nouveau propriétaire avait dû faire un grand ménage.

Elle possédait toujours un double de la clé. Elle a éteint le moteur et s'est mise à faire jouer dans sa main gauche le trousseau auquel la clé était attachée. Elle la serrait de temps à autre avec tant de force que ses phalanges blanchissaient. Lors de la vente, elle n'avait pas voulu remettre le double, elle avait fait croire au nouveau propriétaire qu'elle ne détenait qu'un seul exemplaire de la clé. C'était un homme au visage rougeaud, bedonnant et court sur pattes, dont le nez violacé par l'abus d'alcool était boursouflé par la couperose. Il empestait le Ricard et la vapeur d'oignons. Dès leur première rencontre, elle l'avait pris en grippe, mais il était passionné de littérature, et cela semblait lui suffire pour assurer la survivance de sa librairie. Comme elle se demandait s'il avait fait changer la serrure, elle est descendue de la voiture pour vérifier, sans y réfléchir plus longuement.

Le système d'alarme s'est déclenché dès qu'elle a franchi le seuil, ce à quoi elle ne s'attendait pas puisqu'elle n'avait jamais pensé en installer un. Qui aurait bien pu vouloir voler le contenu de caisse d'une librairie indépendante? Être sous l'emprise des livres au point de vouloir les chiper, elle pouvait comprendre. Lorsqu'elle fréquentait les librairies de San Francisco, elle avait à maintes reprises caché des livres sous sa robe en les tenant contre son ventre comme une femme enceinte. Mais pour se faire la caisse d'une librairie indépendante et penser pouvoir en tirer profit, il fallait être idiot.

La sonnerie stridente de l'alarme lui vrillait les tympans, mais elle se concentrait sur les titres des romans qu'elle avait volés à cette époque et qu'elle essayait maintenant de se rappeler. Elle a soudainement pris conscience de la précarité de sa situation et la peur l'a extirpée de ses rêveries; et si les policiers étaient déjà en route? Il fallait faire vite. Elle ne savait plus où donner de la tête, elle dansait sur un pied puis sur l'autre, bloquée net à chaque élan qui la prenait, figée comme un animal dans le faisceau des phares d'une voiture. Au terme d'une de ces valses-hésitations, elle s'est finalement ruée vers le bureau qui n'était plus au même endroit (elle l'avait tout de suite remarqué en entrant, il donnait sur le fond de la boutique alors qu'avant, il était adjacent à la vitrine) et a entrepris de le remettre à sa place, en le poussant de toutes ses forces, à s'en déboîter les épaules. Cela fait, elle s'est penchée, les mains en appui sur les cuisses pour reprendre ses esprits; l'effort lui avait refilé des spasmes, elle était étourdie. Il n'y avait qu'une caisse enregistreuse et un étui à crayons sur le bureau. Du temps où elle était propriétaire, le bureau était jonché de livres, certains entamés et qu'elle reprenait au hasard selon son humeur, d'autres qu'elle ne terminerait jamais et qui s'empilaient, sortes de sculptures postmodernes qui risquaient de s'effondrer à tout moment.

Juste avant de sortir, elle a aperçu un exemplaire de *Trou de mémoire* qui trônait sur le présentoir. Après avoir hésité quelques secondes, sur un coup de tête, elle l'a attrapé et est allée le dissimuler dans la section bien fournie des romans policiers, entre Chandler et Connelly. C'était une belle édition en vélin relié, dont la couverture rigide était d'un joli brun clair. Il y avait peut-être des taches de café à l'intérieur ou des traces de doigts de quelqu'un qui aurait lu les journaux avant d'en tourner les pages. Encore mieux : des annotations. Ma mère adorait les annotations dans les livres usagés. Elle les compilait sous la forme d'un texte suivi, afin de voir si dans ces microcosmes épiphaniques, il n'y avait pas les balbutiements d'une pensée géniale en voie de construction. La plupart du temps, elle en retirait d'étranges poèmes décousus. Parfois elle regroupait ces bribes de réflexion en haïkus maladroits qu'elle conservait ensuite dans un cartable, essayant de respecter tant bien que mal la forme stricte de la poésie japonaise.

L'alarme continuait de moucharder l'effraction dont elle s'était rendue coupable. Si on la trouvait là, perdue dans ses pensées devant la section des romans policiers, ce qui ne manquerait pas de laisser perplexes ceux ou celles qui interviendraient, elle serait arrêtée et amenée au poste de quartier le plus près. Elle a enfoncé plus profondément le roman d'Hubert Aquin derrière les autres livres. Comme un peintre devant sa toile, elle a fait un pas en arrière et a considéré un instant son œuvre, même si elle n'avait pas le temps pour de telles élucubrations. Puis elle a changé d'idée ; elle a tiré le livre vers elle afin qu'il dépasse, qu'il détonne dans la rangée par ailleurs alignée de façon impeccable.

Elle a ensuite couru jusqu'à sa voiture après avoir pris soin de refermer la porte derrière elle. La voiture a démarré en trombe, ses petites mains tremblantes crispées sur le volant. Elle était sous le choc, la sonnerie de l'alarme pulsait encore contre les vitres de l'automobile, malgré la distance. Elle essayait de ne pas éveiller les soupçons, conduisait de façon prudente, peut-être un peu trop, les rues de la ville étant désertes à pareille heure. À sa décharge, elle avait au moins le mérite de prendre toutes les précautions nécessaires. Même si cela s'était fait contre la loi, elle était contente d'avoir pu remettre une dernière fois les pieds dans sa librairie. C'est là qu'elle avait trouvé refuge après son retour des États-Unis, au milieu de tous ces livres qu'elle avait accumulés et érigés dans les étagères comme autant de remparts contre la brutalité du monde.

*

Vers sept heures, alors qu'elle passait Baie-Saint-Paul, le soleil a commencé à poindre au-dessus du Saint-Laurent. À cette hauteur, les habitants du coin parlaient du fleuve comme de la mer, avec raison. Par temps brumeux, on distinguait à peine la rive opposée et le vent salin soufflait presque tout le temps. L'été, le ressac rongeait les côtes jonchées de rochers érodés et de galets recouverts de phéophycées dont les bulbes craquaient comme du papier bulle sous les pieds. Comme on était au cœur de l'hiver, des plaques de glace semblables à d'immenses croûtes de sel avaient accaparé le fleuve et voguaient à la surface de l'eau. Quelques-unes d'entre elles plongeaient sous l'eau et leur surface immergée rappelait le blanc laiteux des bélougas qui peuplaient la région.

Séduite par le paysage qui défilait sur sa droite, elle est allée se garer dans une aire de repos et est descendue jusqu'à la rive. Elle avait envie de se promener le long de la côte. En bas, le froid était mordant, elle a dû remonter la fermeture éclair de sa parka. Le col en fourrure de coyote de sa capuche lui camouflait presque tout le visage. Le ciel était partiellement couvert et l'eau faisait chatoyer les éclats du soleil. Debout devant le fleuve, elle regardait la glace figée aux abords de la berge. Elle doutait qu'elle soit assez ferme pour s'y aventurer sans danger. Elle y a risqué un pied, puis un autre, mais des craquements à peine audibles l'en ont vite dissuadée.

Elle a continué sa promenade sur la terre ferme, quoique avec toute cette rocaille elle avançait péniblement. Elle devait vérifier la solidité de chacun de ses pas, ses jambes flageolaient. L'air marin lui faisait pourtant du bien, elle ne se souvenait pas de la dernière fois où elle avait respiré aussi profondément, de façon aussi libre. L'air de la mer faisait fondre les grumeaux de mucus qui congestionnaient sa poitrine, comme un bref sursis qui lui aurait été accordé. Quand elle pensait à ses poumons, elle se les imaginait macérant dans une sorte de gruau visqueux et collant et cela lui faisait du bien de ne pas avoir cette image en tête à l'instant.

Une souche, ou enfin, quelque chose du genre, a attiré son attention. Elle peinait à distinguer la masse qui dérivait sur le fleuve, même les yeux plissés. Elle avait oublié ses lunettes dans le coffre à gants. La masse avait une forme étrange et dans son ballottement elle lui faisait des signes avec les quelques branches qui affleuraient à la surface. Elle n'a pas pu s'empêcher de penser à tous ces gens qui mouraient en mer, aux naufragés, aux suicidés du haut des ponts, à Claude Jutra, cinéaste qu'elle estimait beaucoup, qu'elle avait découvert sur le tard grâce à mon père… Dire qu'on avait retrouvé son corps cinq mois plus tard, à Cap-Santé, à quelque deux cents kilomètres au nord-est de Montréal. Elle se l'imaginait échoué dans les algues, autrefois bel homme, le creux de ses orbites nettoyé et poli par les poissons et les crabes. Sa peau spongieuse, détrempée, avait pris une teinte lavande et devait s'effilocher sous les doigts; il fallait manier sa dépouille avec beaucoup de ménagement. Sa fuite vers l'océan avait été interrompue au hasard d'un courant qui ne lui avait pas été favorable et qui l'avait envoyé s'échouer au fond d'une baie.

Elle se demandait ce qui l'avait tué en premier. S'il était mort broyé par l'impact – le pont Jacques-Cartier faisait quand même cent quatre mètres de hauteur –, noyé, ou si l'hypothermie avait eu raison de lui. Et ce bout de papier, un dernier appel à la mémoire, était-il pour lui-même ou destiné aux autres? L'avait-il lu une dernière fois avant de le glisser dans un compartiment de sa ceinture? Tout au long de sa chute, il avait dû se répéter à haute voix cette phrase toute simple qu'il y avait écrite: je m'appelle Claude Jutra. «Je m'appelle» plutôt que «je suis». Il avait choisi de se nommer au lieu de proclamer son existence. Cela avait quelque chose de plus définitif, de plus concret. C'est bien tout ce que nous pouvions faire en de pareilles circonstances, afin de nous donner contenance, et pour garder un semblant d'emprise sur la vie.

Elle a brièvement pensé qu'elle aussi devrait peut-être rédiger un mot, un poème, une courte phrase cryptique, au cas où, mais elle s'est ravisée. À quoi bon? Elle n'avait jamais été très encline à prendre de telles dispositions; elle avait toujours détesté les adieux. Elle secouait la tête tout en regardant la souche flotter au loin, qu'elle ne distinguait d'ailleurs presque plus. J'aimerais penser qu'à ce moment, ma mère a eu envie de téléphoner à son fils, mais elle a plutôt songé à ce qui lui arriverait si la glace où elle s'était aventurée malgré le danger cédait sous son poids.

Est-ce qu'elle aurait le temps de se débattre sous la surface, dans la pénombre, à peine éclairée par la faible lumière du soleil dont les rayons, c'est fort probable, seraient réfractés par le frasil? Cette clarté glauque, presque imperceptible, la même que celle qui baigne nos rêves… Tout cela pendant que son esprit s'égarerait, que les battements de son cœur s'espaceraient de plus en plus, jusqu'à ce que ses membres s'engourdissent, qu'elle sombre dans les profondeurs et qu'elle cesse de lutter contre le courant. Le froid la terrasserait avant le manque d'air.

Ou serait-ce l'eau qui gagnerait ses poumons en premier et ferait éclater un à un les vaisseaux sanguins dans son cerveau, la plongeant dans l'hébétude, malgré la panique? Est-ce que les noyés retenaient leur souffle jusqu'à la fin ou est-ce qu'ils aspiraient une grande tasse d'eau, aussi mirifique qu'une bouffée d'air natal, soit pour abréger l'agonie, soit dans une tentative ultime de s'en sortir, dans un dernier sursaut de vie? Ébranlée par ces hypothèses morbides, elle a regagné la terre ferme. Elle marchait sans vraiment regarder devant elle. Absorbée dans sa réflexion, elle continuait de spéculer sur la mort par noyade.

Ma mère s'était grandement éloignée d'où elle avait laissé sa voiture lorsqu'elle a décidé de rebrousser chemin. Il devait être neuf heures, elle n'avait pas de montre ni de cellulaire pour vérifier. Le retour jusqu'à l'aire de repos a été pénible, elle avait besoin de dormir quelques heures. Elle a opté pour une sieste dans le motel le plus près, qui se trouvait juste un peu avant La Malbaie. Une fois le seuil franchi, quelques minutes se sont écoulées avant que son hôte ne l'accueille. Des murs jusqu'aux meubles et aux fauteuils, tout se déclinait en différentes nuances de pastel, même le tapis qui couvrait le plancher. Plusieurs lampes constellaient les tables à café qui encombraient la salle d'accueil. Leurs abat-jours en lin tamisaient l'éclairage, les rideaux étaient tirés. Un écriteau beige avec un cadre décoré de motifs désuets était suspendu au-dessus du comptoir.

On pouvait y lire écrit dans une police gothique : « N'oubliez pas l'hospitalité, car grâce à elle, sans le savoir, certains ont accueilli des Anges. » (He 13, 2) Un peu plus bas : « Prenez possession du Royaume qui vous a été préparé depuis la fondation du monde. Car j'ai eu faim, et vous m'avez donné à manger ; j'ai eu soif, et vous m'avez donné à boire ; j'étais un étranger, et vous m'avez recueilli. » (Mt 25, 34-35) Elle ne pouvait s'empêcher de les relire en boucle, ses lèvres formant des mots muets. Ces versets semblaient s'adresser, en guise d'admonestations, à l'homme qui se tenait maintenant devant elle plutôt qu'aux gens qui logeaient chez lui. Au lieu de se lire comme un message de bienvenue, on aurait dit que ces devises lui étaient destinées et qu'elles lui pendaient au-dessus de la tête comme des épées de Damoclès qu'il devait à tout prix éviter de faire tomber.

L'aubergiste avait les joues rouges, sans doute en raison d'un problème vasculaire, et le dos légèrement voûté, ce qui lui donnait un air de bossu. Son long front découvert par une calvitie avancée luisait sous l'éclairage aux néons. Malgré tout, l'homme était beau. Il avait de grands yeux ambrés et une mâchoire avenante, découpée et symétrique. Ses doigts tambourinaient sur le comptoir pendant qu'il se confondait en excuses ; sa femme était malade, durant la saison morte, les clients étaient rares. Il a prétexté qu'il n'avait pas entendu la sonnette, tout souriant. Lorsqu'il a ouvert la bouche, elle a été prise de court par sa voix. Une voix de fausset, soyeuse, presque prépubère.

— Vous êtes en visite ?

Elle ne savait pas quoi répondre, n'y avait pas pensé de façon précise. En fait, elle savait, mais ne voulait pas y penser. Elle ne s'attendait pas à ce qu'on lui pose de telles questions et sa réponse s'est évanouie dans un râle. De toute manière, des réponses, il n'y en avait pas. Elle n'avait jamais réussi à l'exprimer, ni à son fils ni à quiconque, elle n'allait certainement pas faire savoir à un inconnu qu'elle s'en allait mourir.

— Madame… vous êtes en visite?

Il a continué à la regarder un instant. Mais elle était figée, ses yeux cherchaient un brin de répartie dans les motifs démodés du polo rose saumon de son hôte, sans rien y trouver.

— Oui, si on veut…

— Et qu'est-ce qui vous emmène par ici? De la famille?

On ne pouvait douter de l'authenticité de son intérêt, mais elle détestait subir ce genre d'interrogatoire. Elle avait envie de retourner sur la route pour la faire d'une traite, sans plus s'arrêter. Même l'hiver, le traversier qui reliait Baie-Sainte-Catherine à Tadoussac passait aux vingt minutes presque toute la journée. Elle n'aurait pas à attendre longtemps, plus rien n'entraverait son périple.

— Oui… En fait non… Un ami plutôt… Oui, un ami de longue date, on s'est pas vus depuis des années, y habite à Baie-Comeau.

Ça lui était venu d'un coup, et avec ce mensonge des images fugaces du seul homme qu'elle avait véritablement aimé. Il y avait des années qu'elle n'avait plus pensé à Kalo Frimm, et voilà qu'il refaisait surface comme une lumière qui se rallume, ravivant des blessures qu'elle avait crues cicatrisées. En fin de compte, se pouvait-il qu'elle soit partie pour terminer ce voyage qu'ils avaient planifié ensemble et qu'elle avait lâchement fait avorter? Comme ils en avaient convenu à cette époque, elle était partie pour le Nord… Pourquoi n'y avait-elle pas pensé avant? Elle essayait de se convaincre qu'au fond c'est ce qu'elle avait toujours voulu : accomplir ce voyage qu'ils avaient amorcé quelque trente ans auparavant. Oui, voilà, cela avait toujours été son but premier. Mais je ne sais pas si elle arrivait à y croire vraiment. Kalo Frimm, son beau Slovaque... Elle pouvait même se rappeler son odeur ; cette fragrance ostentatoire, un peu musquée, avec un soupçon de zeste d'orange, lui passait soudainement sous les narines... Elle en éprouvait des frissons, ses joues s'empourpraient.

— Vous allez prendre une chambre jusqu'à demain ?

Kalo Frimm. Pourquoi l'avait-elle abandonné de façon aussi cavalière ?

— Madame ? La chambre, c'est jusqu'à demain ?

Il a dit ça en posant sa main sur la sienne. Chaque fois que l'aubergiste répétait ses questions, il baissait le ton et descendait d'une octave malgré la hauteur naturelle de sa voix, dans un murmure, comme pour l'apaiser ou la rassurer. Il semblait compatir à l'émoi qu'elle n'arrivait pas à dissimuler.

— Non, j'crois pas, j'veux juste me reposer quelques heures, pas plus, j'suis un peu pressée...

— Malheureusement, on n'offre pas de formule sieste. Vous pouvez prendre la demi-journée ou la journée pleine.

— La demi-journée...

— Très bien, je vous donne la 106, voici les clés, vous avez la chambre jusqu'à dix-huit heures, c'est la troisième porte à votre gauche en sortant... Vous allez payer comptant ou avec la carte ?

— Comptant.

Elle a réglé les frais et s'est dirigée vers sa chambre. Avant de s'étendre, elle a opté pour une douche rapide. Elle est entrée dans la salle de bains et a fait couler l'eau à température bouillante pendant plusieurs minutes. Elle a ôté ses vêtements et s'est assise sur le couvercle du siège de toilette. Elle inspirait de grandes bouffées de vapeur en les retenant le plus longtemps possible; elle expirait ensuite lentement et laissait l'air passer en filet entre ses lèvres. La salle de bains était devenue opaque comme dans un sauna, on n'y voyait plus rien. Elle se frictionnait vigoureusement les cuisses et les bras, on aurait dit qu'elle essayait d'y estomper quelque chose, comme on le fait avec une tache d'huile ou d'encre sur un vêtement.

Après avoir ajusté la température, elle est entrée sous la douche et y est restée près d'une heure à contempler les filets d'eau qui ruisselaient sur son corps, les mains en appui contre le mur. Elle se savonnait, puis recommençait. Elle était troublée, ne savait plus quoi penser. À un moment, elle a dû s'accroupir au fond de la baignoire, car la chaleur la faisait suffoquer. Sa peau avait pris une teinte cramoisie, la douche continuait de couler, la température était à la limite du supportable. Peut-être qu'à ce moment ma mère a pleuré toutes les larmes de son corps? Elle a dû s'étendre de tout son long comme une marionnette qui subitement perd ses fils, la tête effondrée sur le carrelage dont les joints étaient imprégnés de moisissure, pour ensuite pousser des gémissements étouffés par le bruit du ruissellement, seule au monde, condition qu'elle s'était elle-même infligée. Ou peut-être qu'elle était simplement épuisée, mais réussissait tout de même à se tenir sur ses pieds? Toujours est-il que lorsqu'elle est finalement sortie de la douche, l'eau avait commencé à refroidir.

Tout en s'essuyant le corps avec une débarbouillette, elle s'est mise à inspecter son visage déformé par le miroir dégoulinant de buée de la pharmacie. Elle grimaçait, formait des O, des A et des I exagérés avec sa bouche, comme le font les acteurs pour se délier la mâchoire. L'âge avait eu raison de son visage, son ovale s'était affaissé. Ses joues, autrefois rondes et dodues comme celles d'un bébé, tiraient vers le bas et donnaient à sa bouche la forme d'une demi-lune montante. On pouvait facilement interpréter cette moue comme une étrange bouderie, un caprice déplacé, même si les circonstances ne s'y prêtaient que rarement. Cela dit, elle n'avait pas trop mal vieilli, quelques rides au front et autour des yeux. Ses cheveux étaient secs, mais encore volumineux, pas trop décolorés. Elle s'est couvert le corps avec une serviette et elle est sortie de la salle de bains ; Kalo Frimm était-il toujours en vie ? Avait-il bien vieilli ?

Le Slovaque n'avait jamais bu ni fumé ni consommé de drogues. Il mangeait très peu, plusieurs fois par jour, et jamais selon un horaire fixe. L'habitude des trois repas par jour était selon lui une supercherie du système en place pour nous asservir à ses doctrines axées sur le travail, la rentabilité et la docilité. Kalo Frimm ne mangeait que des légumes, des fruits, des noix, des œufs et très rarement de la viande. Tous les matins il partait courir plus d'une heure, et revenait rejoindre ma mère. Il faisait ensuite des redressements assis, des pompes et autres exercices dont elle ne connaissait pas le nom et qui ciblaient chacun des muscles de son corps.

Pour ce faire, il ôtait son chandail et son pantalon et ne gardait que son sous-vêtement. Il s'épongeait d'abord le corps et déroulait ensuite son petit tapis ottoman sur le sol, soigneusement et presque avec vénération. Kalo Frimm n'avait que très peu de possessions, ce tapis et sa mallette étaient les seuls objets qu'il emportait toujours avec lui, peu importe où il allait. Il s'y agenouillait et s'assurait de bien lisser tous les plis du tapis avec ses deux mains avant d'entreprendre sa routine, comme s'il s'apprêtait à prier. De fait, il s'adonnait à ses exercices avec beaucoup de piété.

Il y avait quelque chose de japonais, ou enfin, de militaire dans cette rigoureuse discipline qu'il s'imposait. Ma mère l'observait, allongée sur le côté à même le sol près de lui. Il criait à chaque effort. Un cri bref, puissant et intense, toujours sur la même note, et avec une attaque qui se prolongeait jusqu'à sa fin. De sa bouche béante sortaient des rugissements qui s'éteignaient aussi vite qu'ils avaient commencé et qui auraient pu être ceux d'un gros félin. Il soufflait beaucoup lorsqu'il se relâchait.

Elle adorait ces moments qu'elle passait en silence à ses côtés. Elle avait l'impression d'assister à une cérémonie. Elle devait se retenir pour ne pas lécher la sueur qui luisait sur sa peau glabre, pour ne pas croquer ce corps contracté qui se déployait sous son regard. Quand Kalo Frimm avait fini, il se couchait sur le dos, reprenait ses esprits quelques instants, les yeux fixés au plafond et le visage sévère. Sa poitrine se soulevait en soubresauts de plus en plus espacés. Dans ces moments d'accalmie, il paraissait réfléchir à quelque chose de très complexe, un problème de mathématique ou un paradoxe philosophique dont la réponse lui échappait.

Puis, d'un bond, il propulsait ses jambes vers le haut, courbait le dos en ondulant comme une vague et se relevait pour lui tendre la main. Kalo Frimm lui souriait à belles dents, ses deux incisives centrales séparées par un diastème d'au moins cinq millimètres dans lequel il coinçait parfois, pour la faire rire, des tiges d'herbes ou une de ses cigarettes qu'il allumait avant de la lui rendre. Cette anomalie congénitale contrastait dans son visage aux traits distingués et conférait à son faciès une touche paléolithique. C'était la première chose que l'on remarquait chez lui.

Quand Kalo Frimm partait dans un de ses discours enflammés en vociférant sur tel ou tel sujet, même les plus banals (il discourait plus qu'il ne parlait) et qu'il voyait le regard obnubilé des gens auxquels il s'adressait posé sur ses dents, il retroussait exagérément les lèvres pour accentuer chacune des syllabes. Cette stratégie n'était pas sans rappeler celle des poissons-fouet, ces étranges créatures des profondeurs abyssales qui appâtent leurs proies au moyen d'un leurre bioluminescent situé au bout de leur épine dorsale. Dans tous les cas, cela produisait un effet similaire : les interlocuteurs de Kalo Frimm étaient hypnotisés par cette dentition étrange qui jurait avec sa belle allure et ses bonnes manières. Les gens l'écoutaient malgré eux, sur leurs gardes, craintifs et interloqués.

Elle avait souvent assisté à ces palabres improvisés, dignes des plus grandes messes. Comme les autres, elle avait bu ses paroles, s'y était reconnue, en avait éprouvé de l'élévation. Mais maintenant qu'elle se les récitait à haute voix, enroulée dans sa serviette sur le couvre-lit, n'ayant même pas pris la peine de se glisser sous les couvertures, les belles paroles de Kalo Frimm perdaient de leur sens et ressemblaient au verbiage d'un conspirationniste schizoïde. Elle s'est relevée d'un coup, en se réprimandant d'avoir une fois de plus succombé à de telles pensées. Au fond, elle n'avait pas compris le Slovaque et ses yeux de feu. Elle n'avait jamais rien compris.

Elle n'arrivait pas à s'endormir, même si elle avait descendu les stores vénitiens et tiré les rideaux, ce qui avait plongé la chambre dans l'obscurité. Elle regardait les chiffres changer sur l'horloge numérique, roulait d'un côté puis de l'autre sur le lit, incapable de se sortir Kalo Frimm de la tête. Elle aurait voulu qu'il soit là, allongé à ses côtés. Elle aurait voulu que le mensonge qu'elle avait servi à l'aubergiste tout à l'heure n'en soit pas un. Elle se disait qu'en suivant un instinct puissant qu'elle avait jusqu'alors tenté de réprimer, elle était vraisemblablement partie rejoindre son amour de toujours dans ce Nord mythique, là où ils auraient dû se rendre après avoir quitté Santa Maria. Peu importe si le Nord de Kalo Frimm se trouvait dans les hauteurs de la Scandinavie, le cercle polaire était le même pour tous, elle finirait par le retrouver. Au final, c'est bien pour cela qu'elle était partie, elle en était certaine.

IV.

La vitre éclatée nous avait réveillés, et ensuite les cris avaient retenti. Je devais avoir treize ou quatorze ans. Désormais, mon père ne venait plus à la maison, il habitait un cinq et demie à Saint-Henri. Il aimait le caractère ouvrier du quartier. Rien n'avait changé dans la maison, toutes ses affaires y étaient encore, enfin, la plupart, comme s'il y habitait toujours. La garde-robe où il entassait ses scénarios et ses textes était encore bourrée de manuscrits inachevés – « pas encore à point », comme il le disait – classés des plus anciens aux plus récents, du plancher au plafond. Son absence s'était installée graduellement, en douceur, si bien que ça avait semblé normal, presque prévu. Je n'allais jamais chez lui, ni lui ni moi n'avions manifesté l'envie que j'y passe du temps, pas même les week-ends. Ma mère n'insistait pas, c'est à peine si elle en avait conscience. De toute façon, j'allais à l'école dans Rosemont, c'était un peu loin. Par contre, nos vacances étaient un incontournable pour lui ; si je devais ne serait-ce qu'évoquer l'idée de m'y soustraire, il se mettait dans une colère noire, ses cheveux se gonflaient comme sous l'effet d'une bourrasque, il se prenait la tête à deux mains, le visage aussi angoissé que celui du Crieur de Munch. Je devais lui concéder les deux premières semaines de juillet, chaque année, coûte que coûte.

Cet été-là il avait loué un chalet à Saint-Simon-sur-Mer, sur le chemin du Cap-à-l'Aigle. Une petite maison mobile entourée d'une grande terrasse et montée sur le roc, collée au fleuve, si bien qu'à marée haute l'eau venait gruger les charpentes couvertes d'algues et marquer les heures, vague par vague. On avait passé les quatre premières journées à faire de longues marches sur la rive et à lire. À part durant ma baignade avec un phoque curieux qui s'était aventuré à quelques mètres de moi, attiré, je me plaisais à le croire, par mes sifflements aigus, baignade dont j'étais d'ailleurs ressorti bleu et engourdi tellement l'eau était glacée, je m'ennuyais et n'appréciais guère ces journées en dormance. J'avais hâte de rentrer à Montréal. J'y retrouverais mes amis avec lesquels je passerais la plupart de mes soirées au parc Maisonneuve à téter sur des joints herculéens tout en fomentant des stratagèmes pour séduire les filles de notre école dont les seins précoces – que l'on devinait sous leurs chandails, pareils à des boutons de rose, jaillissements pour nous divins – attisaient nos fantasmes et nos hormones diluviennes. Bref, j'avais hâte de retourner à mon adolescence, pour ne pas dire mon insouciance.

Ma relation avec mon père ne s'était pas améliorée, elle n'avait pas empiré non plus. On passait le peu de temps que l'on se réservait l'un à l'autre cloîtrés dans cette proximité maladroite et empruntée dont on ignorait l'origine ou la finalité. Ma mère, elle, était toujours en train de lire, elle ne s'arrêtait jamais. Elle avait toujours été une lectrice assidue, mais elle s'absorbait désormais dans ses livres avec la dévotion d'un étudiant à la *yeshiva*. Quand on lui posait une question, elle relevait la tête, effarée, ailleurs, et répondait de façon évasive, se rappelant les deux ou trois mots qu'elle avait interceptés au passage. Elle rentrait tard, plusieurs heures après la fermeture de sa librairie, et s'enfonçait aussitôt dans le divan, livre en main, ses lunettes au bout du nez, genoux repliés, le haut de son corps en appui sur l'accoudoir. J'avais souvent la maison pour moi seul et ne m'en plaignais jamais, au contraire, j'y trouvais enfin ma place et je vivais ces moments de solitude comme une sorte de délivrance. C'est là qu'on en était, tous les trois, à l'époque de ces quelques jours passés avec mon père dans le Bas-Saint-Laurent.

La maison appartenait à un de ses amis et on l'avait louée pour un prix dérisoire. Notre retour à Montréal allait être précipité par les évènements de la quatrième nuit. Ce soir-là on avait mangé sur la terrasse, il faisait trop chaud. Mon père avait cuisiné des filets de saumon sur le barbecue et achevait de descendre une bouteille de blanc, alors que le soleil terminait sa course dans toute sa splendeur rose et violacée, de l'autre côté du fleuve. On avait lu jusqu'à la noirceur, éclairés par les quelques ampoules extérieures autour desquelles voltigeaient des nuées de papillons dont les petites ailes bruyantes battaient l'air, de concert avec les stridulations des criquets et les vaguelettes qui s'écrasaient sur la berge. La maison mobile comportait deux chambres, dont une avec deux lits simples, située à l'extrémité est. Pour s'y rendre, on devait d'abord traverser le salon et la cuisine – il ne s'agissait en fait que d'une seule pièce – pour ensuite emprunter un étroit couloir et longer la première chambre, puis la salle de bains. C'est là, tout au bout du couloir, qu'on dormait, mon père et moi. Je préférais partager cette chambre avec lui, sans quoi je n'arrivais pas à fermer l'œil de la nuit tellement une angoisse inexplicable me tenaillait.

Lassé de lire, j'étais allé me coucher à la nuit tombée et mon père était venu me rejoindre peu de temps après. Vers deux heures du matin, on avait été réveillés par le fracas d'une des vitres du salon qui avait éclaté. Pendant un instant, on n'avait plus rien entendu, à part le grésillement électrique du réfrigérateur dans la cuisine. J'étais terrifié, j'appelais mon père du regard sans oser dire son nom, je le devinais immobile dans son lit contre l'autre mur de la chambre. On n'était séparés que de quelques pieds, mais on n'y voyait rien, les lumières intérieures et extérieures étaient éteintes. L'espace entre nos deux lits en était donc d'autant plus abyssal, obscur. Il paraissait s'élargir et pulser en cadence avec les palpitations de mon cœur affolé. Des hurlements avaient surgi, comme émanant de la béance entre mon père et moi.

Pourtant, les cris venaient de l'extérieur. Ça s'éloignait et ça se rapprochait à une vitesse incroyable, comme si ça courait le cent mètres olympique alentour de la maison. Des visages de fantômes informes et boursouflés fonçaient sur moi depuis la noirceur et je fronçais les sourcils à m'en abîmer les yeux pour les chasser. Pendant que je luttais pour ne pas succomber à la terreur, mon père avait bondi hors de son lit et s'était rué dans le couloir en agrippant au passage un balai qui traînait contre le mur. Le plafonnier de la cuisine s'était allumé et ses rayons orangés parvenaient tant bien que mal jusque dans la chambre, depuis le couloir. J'avais réussi à me redresser de peine et de misère et j'avais tendu la main pour allumer la lampe de chevet. J'essayais de calmer ma respiration et me concentrais sur mon ombre ondulante projetée sur le mur en lattes de bois. Il y avait eu un autre fracas violent, puis un bruit sourd, quelque chose était tombé. Les beuglements avaient retenti, ils étaient tout près.

Mon père connaissait bien l'homme qui venait d'entrer, c'était le frère du propriétaire de la maison. Toute sa vie, celui-ci avait connu des épisodes maniaques pendant lesquels il s'enfilait des montagnes de cocaïne et des litres de cognac, allait aux putes, trempait dans toutes sortes de combines dont il sortait endetté et même parfois en danger. On l'avait déjà battu, il s'en était tiré avec trois dents cassées, deux côtes fêlées et un nez tordu qui l'était resté. De nature plutôt douce et effacée, il se métamorphosait lors de ses crises et devenait violent, erratique, imprévisible. C'était le Caïn de la famille; celle-ci avait eu vite fait de couper les ponts, préférant le renier plutôt que d'assumer la responsabilité de ses malheurs. Seul son frère lui parlait encore, à l'insu des autres membres de la famille.

Ces détails, je les avais appris l'été suivant. Mon père me les avait révélés de façon impromptue, alors qu'on roulait en direction d'Ogunquit. «Y s'est défenestré la semaine dernière…» Il avait terminé son histoire ainsi, comme on transmet distraitement les nouvelles d'un vieil ami dont on ne se souvient même plus pourquoi, à une certaine époque, on a été proche. Cela dit, cette nuit-là, l'homme qui avait fait irruption dans le salon n'était pas un être humain en détresse. C'était un monstre, un Minotaure. De la chambre, je l'entendais commencer des phrases sans queue ni tête, toujours interrompues ou terminées de la même façon. «C'est chez moi, c'est chez moi ici, c'est chez moi», vociférait-il à pleins poumons, les cordes vocales complètement éraillées. Comme je ne supportais plus ces cris inarticulés, j'avais fini par me lever et m'engager dans le couloir moi aussi, afin de leur donner un visage.

Mon père se tenait sur le seuil de la cuisine, seulement vêtu de son boxer trop serré. Son corps occupait tout l'espace dans le cadre de la porte. Je me souviens qu'il m'était apparu immense, taillé tout d'un bloc. Comme un énorme bouchon au bout du couloir. Il fouettait le mur de son balai et répétait «calme-toi» dans un murmure, d'un ton absent et robotique. L'autre continuait de crier, ça allait en s'accentuant, à tout moment je m'attendais à ce qu'ils se jettent l'un sur l'autre. L'auteur des cris était toujours hors de ma vue, seule sa voix rauque de dégénéré me parvenait.

Peu importe ce qu'on en avait dit par la suite, à ce moment-là, mon père n'essayait pas de le calmer ou d'apaiser sa folie. Il le défiait, comme on le fait avec une bête, comme un toréador. De tout son être irradiait une violence contenue, frémissante, que nourrissaient les cris de l'énergumène. Cette énergie presque visible à l'œil nu contrastait avec la fixité de son corps, ébranlée seulement par les coups du balai qui martelait le mur, sorte d'extension animée de son bras. Mon père voulait se battre, c'était évident, et je n'arrivais pas à m'expliquer son attitude. D'aucune manière il n'avait contribué jusque-là à désamorcer la situation.

Lorsque j'avais finalement entrevu le frère de l'ami de mon père, mes jambes s'étaient dérobées et j'étais tombé sur le plancher. Je m'étais mis à pleurer sans retenue, mais ni mon père ni l'intrus ne semblaient m'entendre ou me remarquer. L'homme était torse nu, debout au milieu du salon. Il se tordait les mains l'une dans l'autre comme s'il essorait un chiffon. Il s'était blessé en entrant par la fenêtre brisée ; ses bras et son ventre étaient tailladés en plusieurs endroits. Il y avait du sang partout sur lui, sur le tapis et sur les meubles. De longs filets, certains déjà séchés, d'autres encore humides, serpentaient sur son corps maigre. Il avait une physionomie d'adolescent ; ses bras trop longs semblaient arrivés à maturité sans que le reste de son corps ait suivi leur croissance. Ses cheveux pendouillaient en mèches gommées sur sa tête, on apercevait le cuir chevelu à travers.

Tandis que je le dévisageais, l'homme répétait toujours la même chose. Il reniflait et grognait à chaque petite bouffée d'air qu'il inspirait. « C'est chez moi, c'est chez moi »… On aurait dit que cette phrase ne justifiait pas seulement sa présence dans la maison, mais le monde entier, jusqu'à sa propre existence. Plus il la grommelait, plus ses pupilles dilatées d'un noir huileux s'agrandissaient de façon démesurée, contenant un sens opaque qu'il était le seul à comprendre et qu'il échafaudait au fur et à mesure dans sa tête. Son frère avait racheté la maison dernièrement, elle avait appartenu à leurs parents et faisait partie du patrimoine familial. Ils avaient tous les deux grandi ici et y avaient passé d'heureux moments. Or, ce n'était plus chez lui maintenant. On l'en avait banni. Cette décision se répercutait dans son esprit par petits coups violents, comme si un pic à tête rouge s'attaquait à son crâne. Il ne tenait plus en place.

J'étais assis sur le plancher, appréhendant le pire. J'avais ramené mes genoux contre ma poitrine et j'y avais enfoui mon visage. Je me bouchais les oreilles, mais ne réussissais pas à étouffer ses radotages. Du temps avait passé, puis il y avait eu une sorte d'accalmie. Cette pause, je l'avais davantage ressentie qu'elle n'avait eu lieu, car leurs bravades ne s'étaient en rien modifiées. Quand j'avais relevé la tête, j'avais aperçu un chiot, un petit labrador, que je n'avais pas remarqué jusqu'alors. Il était couché aux pieds de son maître et lui léchait paisiblement les orteils, comme si de rien n'était, insensible à toute la tension qui pompait comme un cœur d'éléphant dans le salon. J'avais eu envie de le caresser, de le prendre dans mes bras et de me sauver. J'en avais presque oublié la situation, et je me rappelle m'être senti coupable, envahi par une honte insoutenable qui me grimpait le long de l'échine dans un sifflement brûlant.

Mon père avait finalement hurlé son nom. « MAAAAR-C! », en soutenant le *a* jusqu'au bout de son souffle, avec une ultime explosion sur le *c*. Cela avait eu l'effet d'une déflagration, tous les trois ensemble on avait sursauté, même mon père. Seul le chiot n'avait pas réagi; sa queue remuait comme un métronome et paraissait chasser la lourdeur de l'air autour de lui.

Marc avait été stoppé net dans son délire. Il venait juste de se rendre compte qu'on était bel et bien là, devant lui. Il était resté stoïque un instant, le corps bien droit, le regard presque angélique, à des années-lumière des hachoirs qui lui sortaient des yeux une seconde plus tôt. Il s'était penché lentement, avait pris le chien dans ses bras et l'avait levé à la hauteur de son visage. Marc lui inspectait les oreilles et le museau comme pour s'assurer que tout était en ordre pendant que l'animal essayait de lui lécher le visage. Il était ensuite sorti par la porte-fenêtre donnant sur la terrasse, avec la même lenteur paisible, sans se tourner une seule fois vers nous. De nouveau, seul le grésillement électrique du réfrigérateur soulignait le silence de la maison.

J'avais regardé mon père qui me faisait toujours dos, mais je pouvais désormais voir son visage tourné vers la porte-fenêtre, derrière laquelle Marc venait de disparaître dans la nuit. Il avait l'air déçu de la tournure des évènements, il y avait quelque chose qui s'écroulait dans les creux de ses rides. Mon père avait fini par s'asseoir sur le plancher lui aussi. Il ne s'était toujours pas soucié de mon état, malgré le fait que je pleurais toujours à chaudes larmes.

— J'veux m'en aller…

Il n'avait pas répondu. J'avais insisté.

— P'pa, j'veux m'en aller… Qu'est-ce qu'on fait si y revient ? J'veux qu'on parte…

— On part pas.

— Mais…

— On part pas, on laisse pas les choses comme ça…

— Papa… s'il te plaît…

— Ça sert à rien de fuir, va te coucher.

Fuir, je m'en souviens encore, il avait mis l'accent sur le mot, et cela m'était apparu dissonant, inadéquat.

— Va te coucher, fils.

— …

— J'suis là, moi. J'suis là.

J'avais continué à sangloter, impuissant. On était tous les deux assis dans le couloir, moi derrière lui, à un mètre. Je n'avais pas osé m'approcher, résigné à retourner dans mon lit. Mon père regardait droit devant lui, il tenait fermement le balai à l'horizontale dans ses mains, comme s'il montait la garde, dans la position seiza d'un samouraï.

Beaucoup plus tard, il faisait encore noir, mon père s'était allongé à mes côtés, dans mon lit, à même les couvertures. Je ne dormais pas et l'avais senti se glisser doucement près de moi. Sa main avait cherché et trouvé la mienne. Les larmes m'avaient de nouveau piqué les yeux, mais je les avais retenues. Je ne voulais pas qu'il s'aperçoive que j'étais éveillé. Je l'entendais respirer lourdement, il n'arrêtait pas de déglutir, comme s'il était en train de boire un grand verre d'eau. Juste comme j'allais m'endormir, réconforté par sa présence, il avait commencé à chuchoter. D'abord des mots que je n'étais pas parvenu à comprendre, bien que je me concentrais sur chacune des syllabes qu'il prononçait. À la fin, mon père s'était excusé.

Ses excuses débordaient largement le cadre de ce qui venait d'arriver ; ça remontait à bien plus loin, ça concernait quelque chose qu'il ne comprenait peut-être même pas. Finalement, dans le relâchement qui précède le sommeil, j'avais cru entendre un « je t'aime » discret monter du fond de sa gorge. J'aurais voulu lui répondre, lui retourner cet aveu, mais je sombrais. Ma main était toujours crispée dans la sienne, je la tenais comme une corde qui me rattachait au monde réel, lequel s'éloignait en sursauts, et dont le vide colossal – c'est ainsi du moins que je me rappelle cette vision – témoignait, en filigrane, d'une plénitude rassurante. De la même façon qu'un miroir dont la surface si plate révèle néanmoins la profondeur de l'espace qui s'y reflète. Comme une brèche, une fissure impénétrable. Les oiseaux avaient commencé à piailler dehors et leurs cris se confondaient avec les marmonnements mouillés de mon père qui ne semblaient pas vouloir se tarir.

Au matin, j'avais bondi hors du lit aussitôt réveillé. Mon père était déjà levé. Quand j'étais arrivé dans la cuisine, nos bagages étaient posés sur le pas de la porte et il n'y avait plus trace de ce qui s'était passé la veille. Mon père parlait au téléphone, avec le frère de Marc, ou peut-être avec ma mère. « C'est pas grave... C'est pas grave, on va s'arranger... Ça va s'arranger », répétait-il tout bas. Il y avait une assiette avec des œufs, du bacon et des toasts sur la table. Je m'étais assis et j'avais commencé à manger pendant qu'il mettait fin à sa conversation. Quand il avait raccroché, il m'avait souri. « On retourne en ville, finis ton assiette pis après on part. »

Mon père avait jacassé sans arrêt durant les six heures qu'avait duré le trajet. Un bavardage anodin dont je ne me souviens pas. Plus rien au sujet de Marc ou de la veille. Pas un mot de la violence qui l'avait submergé, ni de son obstination. Le retour à Montréal avait été interminable, même si on se l'était tapé d'un trait, sans s'arrêter une seule fois. Rendu devant notre maison, il m'avait ébouriffé les cheveux en guise d'au revoir avant que je sorte de la voiture. Il avait attendu que la porte se referme derrière moi avant de redémarrer.

Aussitôt rentré, j'avais tout raconté à ma mère. Elle était dans la cuisine en train de préparer à manger et s'était arrêtée pour m'écouter. Elle m'avait pris dans ses bras, s'était assurée que j'allais bien, m'avait embrassé sur le front, sur la pointe des pieds, car je la dépassais maintenant de presque une tête, puis elle était retournée au comptoir couper ses oignons. Elle n'avait pas paru scandalisée par mon récit, ou ne l'avait pas laissé paraître, peut-être pour en atténuer l'onde de choc. J'étais tout de même encore sonné, même si en les racontant j'avais pris de la distance avec ces évènements, comme si les faits une fois formulés ne m'appartenaient plus. Après un long silence, elle s'était exclamée dans un soupir :

— Ton père veut jamais lâcher prise... Y est comme ça, y faut toujours qu'y s'entête, qu'y se batte pour tout.

— Y se sont pas battus, maman...

Tout d'un coup, je prenais sa défense, alors que je lui en voulais. Mais ma mère n'avait pas relevé.

— Ton père veut toujours se battre, mais y sait même pas pourquoi...

Elle avait semblé vouloir ajouter quelque chose un temps, mais m'avait simplement informé que le souper serait prêt dans une heure. J'étais allé dans ma chambre et j'avais entrepris de vider mon sac de voyage. Je les avais entendus se disputer au téléphone quelques minutes plus tard, mais n'avais pas voulu en être témoin. J'avais fermé la porte, mis de la musique et enfilé mes écouteurs pour ne plus les entendre.

*

Bien qu'il faisait terriblement froid, je me suis entêté à descendre sur la berge. Je scrutais l'autre rive à peine visible dans la clarté déclinante à la recherche de cette maison où on avait brièvement séjourné mon père et moi. Il avait insisté pour passer la nuit dans un motel à l'entrée de Tadoussac, afin de poursuivre la route le lendemain. On s'était arrêtés trop de fois ici et là, j'avais un bon prétexte chaque fois, «j'ai envie de pisser, j'ai faim, j'suis fatigué», si bien qu'on était arrivés ici en même temps que la nuit et on n'avait d'autre choix que de s'arrêter pour y dormir. Il restait un peu moins de trois heures avant d'arriver à Baie-Comeau et j'appréhendais le terme de cette expédition dans un mélange de frayeur et de nervosité.

D'ailleurs, la mort de ma mère n'avait pas encore de réalité. D'une certaine façon, sa disparition demeurait une abstraction et j'avais l'impression qu'elle était là, avec nous, entre nous, en nous, comme une présence évanescente et immatérielle. Du type de celles qui guettent les randonneurs en forêt, lorsqu'ils se rendent compte avec effroi qu'ils se sont égarés. Je soupçonnais mon père et moi-même par la même occasion de retarder volontairement l'aboutissement du voyage. Du moins, cette idée me rassurait : je voulais nous croire transportés tous les deux par le même deuil difficile à affronter, à nommer même, et non par un automatisme dont la banalité me déprimait.

Je suis revenu au motel rejoindre mon père qui avait préféré rester dans la chambre pour y faire une sieste. J'aimais Tadoussac, l'été cette ville s'animait. Avec mon groupe de musique, on y avait souvent joué et fêté jusqu'au lever du soleil. Dès l'automne, les dernières nuées de touristes se raréfiaient à vue d'œil et Tadoussac, prête à hiverner, redevenait l'enclave côtière et isolée qu'elle est véritablement. Il n'y avait personne aux alentours, la neige déjà tapée sur le trottoir crissait sous mes pas et troublait le silence du village prêt à s'endormir. Quand j'ai ouvert la porte, j'ai surpris mon père assis sur la descente de lit en train de contempler le téléviseur éteint devant lui. Je ne sais pas depuis combien de temps il se trouvait dans cette position, mais il ne semblait pas avoir bougé depuis que j'étais parti me promener. Peut-être qu'il s'était absorbé dans son reflet sur l'écran gris. Il s'est tourné vers moi et s'est exclamé :

— J'ai envie d'une bière.

— Y a un bar pas loin, on peut aller prendre un verre si tu veux…

Il s'est levé, et nous sommes sortis. Mon père avait gardé son manteau et n'avait pas déchaussé ses bottes, elles avaient imbibé le tapis et laissé une tache sombre et ovale sur le sol, derrière lui.

Il n'y avait pas grand monde au bar malgré l'annonce dans la vitre d'une soirée karaoké. Quelques hommes assis ici et là discutaient à voix basse. La serveuse, d'un âge certain, un brin amochée, était accoudée derrière le bar, le menton dans la paume, visiblement pas très occupée. Son patron vidait le lave-vaisselle derrière elle. On lui a commandé deux grosses quilles de bière et quatre shooters de whisky que mon père a d'abord déclinés d'un geste de la main, puis on est allés s'asseoir à une table. La serveuse nous a regardés nous éloigner en souriant. J'avais envie de soûler mon père. Aussitôt assis, j'ai avalé mon premier whisky et l'ai invité à faire de même. Il m'a imité et a laissé, imperturbable, l'alcool lui brûler la gorge, soutenant mon regard jusqu'à ce que je baisse les yeux sur ma bouteille. J'ai pris une longue gorgée de bière pour chasser l'alcool, puis je me suis tout de suite enfilé le deuxième shooter en l'entrechoquant d'abord avec celui de mon père.

— T'es en forme à soir…

Je ne lui ai pas répondu et je me suis tourné vers la serveuse en lui faisant un signe de la main pour qu'elle nous en apporte quatre autres. J'avais rarement vu mon père ivre.

— C'est toi qui voulais boire…

— J'voulais prendre une bière.

— Prends-le pas d'même…

— C'est ça qu'tu fais de tes temps libres? C'est ton quotidien, ça?

— Ben non…

— Ça va te rattraper un jour.

Mon père s'est enfilé le deuxième service, shooter et bière, comme pour prendre les devants.

127

— Ta mère, elle m…

On a été interrompus par un ivrogne, balèze comme un ours, qui s'attaquait à une chanson de Plume sur la petite scène au fond de la pièce.

— Ma mère quoi ?

L'ivrogne hurlait dans le micro qu'il tenait à deux mains, sans se soucier ni de la mesure ni des notes. Je l'ai regardé un instant, puis me suis tourné vers mon père.

— Ma mère quoi, papa ?

— Vas-tu chanter toi aussi ?

— Qu'est-ce t'allais dire ?

— Rien…

— Qu'est-ce t'allais dire ?

— Elle était seule ?

— … J'sais pas.

Qu'est-ce que ça pouvait bien lui faire ? Ils ne vivaient plus ensemble depuis déjà un bon moment… Mon père a hoché la tête et bu une gorgée de bière.

— Pourquoi tu me demandes ça ?

— Penses-tu qu'elle voyait quelqu'un ?

Je n'en avais aucune idée, mais je lui ai répondu par l'affirmative, pour voir sa réaction. Il n'a pas semblé bouleversé outre mesure.

— … Est-ce qu'elle te parlait de moi, des fois ?

On ne s'entendait presque pas parler, et mon père n'élevait pas la voix, au contraire, il cherchait à se faire discret, on aurait dit qu'il chuchotait. L'ivrogne au micro commençait sérieusement à me tomber sur les nerfs. J'avais envie de lui lancer ma bouteille par la tête, mais je n'étais pas de taille à l'affronter, même en sachant que son état d'ébriété était largement plus avancé que le mien.

— Elle parlait presque pas, tu l'sais déjà, ça… Et de pas grand-chose… Et pis pourquoi tu lui demandes pas toi-même… Pourquoi tu lui as pas demandé toi-même ?

Il a rappelé la serveuse. Elle avait commencé à faire sa caisse et ne nous a pas vus tout de suite. C'était au tour de mon père de payer la tournée. Elle est revenue avec les whiskys, ils ont échangé un long sourire avant qu'il ne lui tende la monnaie. Elle est repartie en se déhanchant, je me suis attardé un instant sur son tour de taille fané, il débordait de son pantalon.

— Comment elle était?

— Comment, comment elle était? Qu'est-ce tu veux dire?

— La dernière fois qu'tu lui as parlé? Comment elle était? L'as-tu vue? T'es allé chez elle, ou vous avez parlé au téléphone?

Ça m'a frappé de plein fouet et j'ai dû y réfléchir un instant; je ne me souvenais plus de ma dernière conversation avec ma mère, elle remontait à plusieurs mois. Un long bruit blanc a englouti les rumeurs du bar; je me revoyais, cellulaire à l'oreille, en train de penser à autre chose, pendant que ma mère soliloquait à l'autre bout du fil. Sûrement en train de réfléchir à l'une des chansons sur lesquelles je travaillais, ou à l'un des petits boulots insignifiants que j'occupais à la pige, par-ci par-là, pour défrayer les mensualités. Ou à rien du tout, plongé dans une absence momentanée qu'elle ne percevait sans doute pas.

— Elle était bien, elle m'avait appelé... comme d'habitude... On a parlé du terrain, du chalet... de la neige qui commençait à tomber...

— Sa voix sonnait comment?

Il m'exaspérait.

— Comme d'habitude.

— Ça veut dire quoi, ça? Qu'est-ce tu crois qu'elle était en train de faire?

— ...

— ... À quoi elle pensait?

Mon père m'a secoué le bras, me forçant à le regarder droit dans les yeux.

— … Est-ce qu'elle te manque?

— … Pis à toi?

Ma réplique n'avait aucun sens, et je l'ai aussitôt regrettée. Il n'a rien répondu, il s'est contenté de gratter l'étiquette trempée de condensation sur sa bière avec l'ongle de son pouce.

— Chante quelque chose pour moi.

On en est restés là. Je suis allé chercher le cartable anglophone du karaoké. Je l'ai parcouru un bon moment pendant que mon père m'observait en silence, avant d'arrêter mon choix sur un morceau de The Cars. Je l'ai inscrit sur un bout de papier avec mon nom. Je suis ensuite allé le déposer sur le comptoir du DJ, puis je suis sorti fumer une cigarette.

Mon père avait cherché à obtenir des informations, et peut-être avait-il voulu compatir à sa manière, mais j'avais plutôt l'impression désagréable que je venais de subir un interrogatoire. Était-il en quête de matériel pour une de ses histoires? Ses yeux avaient pris des notes et fait provision d'informations; je les avais vus filer de gauche à droite, sautant d'un mot à l'autre, en phase avec les phrases qu'il voyait scintiller au-dessus de ma tête comme des petites auréoles parfaitement abouties. «Écrire, c'est une affaire de circularité, c'est rien d'autre, ça peut pas être autre chose, la parole tourne en rond, c'est ça qui la rend infinie.» Je pouvais réentendre ses mots, je pouvais le voir crier, de plus en plus volubile et excité, lui-même à l'origine de son propre emportement, comme toutes les fois où il m'avait parlé de son travail…

Je me suis rendu compte que je l'imitais, qu'à mon tour je marmonnais à voix basse et j'ai aussitôt arrêté. La fumée de ma cigarette me laissait un goût de pain carbonisé dans la bouche et me coupait le souffle. Je n'avais pas enfilé mon manteau et je commençais à le regretter. Je grelottais et sautillais sur place pour me réchauffer, en vain. Le vent sifflait, mais pas assez fort pour soulever la neige qui s'était tassée sur le sol en croûtes verglacées. Après une ou deux bouffées, j'ai jeté ma cigarette, j'ai observé distraitement le mégot rougeoyant mourir dans la nuit, puis je suis retourné à l'intérieur du bar.

Mon père n'était plus à notre table, il était assis au bar et discutait avec la serveuse. J'ai pris ma bière et je suis allé pisser. Un homme crachait dans l'urinoir à ma droite tout en se soulageant. Son œil gauche était affaissé et semblait totalement indépendant du reste de son visage. Il respirait par la bouche et son haleine moisie, aussi asphyxiante qu'un gaz moutarde, se condensait sur les carreaux de céramique contre lesquels il avait appuyé sa tête. J'ai dû retenir mon souffle jusqu'à ce que j'aie fini de pisser. En revenant, je me suis dirigé vers mon père et lui ai refilé un coup de coude dans le dos un peu plus rude que je ne l'aurais voulu, mais il ne s'est pas retourné. Le patron, qui s'occupait maintenant de servir les clients, m'a toisé de haut en bas et je lui ai rendu la pareille, en exagérant le mouvement. Juste comme j'allais brusquer mon père de nouveau, on a appelé mon nom. Je suis monté sur la petite scène, je me suis approché du micro et j'ai commencé à chanter.

J'étais en grande forme vocale, du moins le sentais-je; une par une, les notes de la mélodie se gonflaient de leurs harmoniques et résonnaient dans ma bouche où je les laissais exploser. J'ai fait quelques pas de danse, discrets et lents, à droite et à gauche, comme un paquebot qui tangue et roule. Mon père me regardait avec ses yeux perçants, lui aussi tanguait d'un côté puis de l'autre, suivant mon mouvement. J'ai fermé les yeux et j'ai terminé le reste de la chanson agrippé au pied du micro comme au dernier barreau d'une échelle suspendue dans le vide. Dans mon esprit, plus les phrases poursuivaient leur course dans la musique, plus les mots chantés semblaient éclater et se transformer en couleurs froides qui se superposaient les unes aux autres – du bleu, du rouge, du mauve – et à travers lesquelles le visage de mon père, dégoulinant comme de la cire chaude, continuait à me fixer.

J'ai toujours trouvé le karaoké d'une profonde tristesse ; ce loisir banal me semble toujours témoigner chez la chanteuse ou le chanteur improvisé d'un talent qui n'a jamais su s'épanouir, d'un petit désir inassouvi vécu par procuration et empreint de résignation. Pourtant, malgré le pathétique de la situation (je me trouvais d'autant plus seul au milieu de tous puisque sans doute personne ne m'écoutait), ce petit bar miteux vibrait d'une réalité intense ; un puissant sentiment de concrétude m'avait envahi. Mon corps, les mots, la musique, ce bouclier fragile derrière lequel je m'abritais, et au-delà les éclaboussures de bière sur le plancher sale, les pieds qui s'y collaient, les raclements de gorge, les tintements de verres, les moindres gestes, les moindres rictus de tous les individus qui se trouvaient dans cette pièce, la rue à l'extérieur et le fleuve et l'océan et tout le reste…

Tout cela était atrocement, radicalement vrai. Violent, surtout. Ça s'imposait en moi comme un bloc inaltérable dont le caractère intrinsèque s'exprimait néanmoins, je le savais, à la faveur d'un éclatement chaotique et arbitraire, dénué de tout sens autre que celui qu'on lui prêtait. Cette évidence exacerbée, je m'en souviens, m'avait aveuglé sans que je la sente venir, en plein milieu de la chanson. J'en avais presque oublié les paroles. Et pourtant, si vif que se soit manifesté ce sentiment d'être au monde sans raison, je n'avais pu m'empêcher de sentir, aussi vivement

– comme si je m'en apercevais au même moment –
que la mort en était l'interruption brutale, elle aussi
sans raison, comme un clapet qui se referme pour en
arrêter le flot.

Quelque chose comme une détonation sourde m'a
sorti de ma transe, j'ai ouvert les yeux, la chanson était
terminée. Outre le fait que mon père n'était plus là,
la vie dans le bar continuait comme s'il ne s'était rien
passé. On passait le plus clair de notre temps dans le
même état d'hébétude qu'une vache ou un puceron.
En termes d'aboutissement, en tout cas, il n'y avait
pas de différence : le clapet se refermait, le courant
s'interrompait et le vide originel reprenait sa place. Un
instant j'ai cru entendre ma mère rire ; tous ces gens
qui m'entouraient étaient là sans vraiment être, avec
leurs gestes trop légers, volatils, et leurs faciès bovins,
je ne voulais pas faire partie de leur troupeau.

Dans l'urgence, je n'ai même pas pris le temps
de me demander où mon père était allé, j'ai aussitôt
suggéré une autre chanson au DJ. Il a tout de suite
accepté ma requête puisque personne ne s'était
proposé après moi. Je ne me rappelle plus laquelle,
la première qui m'est venue à l'esprit. J'étais à la
recherche du ressenti, avec la même ardeur désespérée
que celle d'un toxicomane cherchant à combler son
besoin. Mais rien ne s'est passé, rien n'a passé. Je me
sentais de nouveau absent, déphasé. Je suis retourné
m'asseoir à notre table.

L'ivrogne qui s'était pris pour Plume quelques
minutes plus tôt était assis à la table voisine et chahutait
avec ses amis, tous les trois éclataient bruyamment de
rire à tout moment et se claquaient les cuisses avec
leurs grosses paluches. Je suis allé me poster devant
lui et l'ai fixé droit dans les yeux sans dire un mot. Il
s'est d'abord tu, puis m'a demandé, d'un ton empâté :

— J'peux t'aider ?

Non, il ne le pouvait pas, en définitive. Je ne trouvais rien à répondre, et tout d'un coup, sans y réfléchir, je lui ai pincé le nez si fort qu'il s'est mis à hurler. Pendant un instant, il s'est débattu, les yeux inondés, les joues rouges, presque mauves. Tout le monde nous regardait. Je tirais sa tête dans tous les sens comme on secoue un tapis crotté, l'arête de son nez craquait entre mon pouce et mon index devenus blancs sous la pression. Il a fini par reprendre le contrôle, s'est levé et m'a asséné un coup de poing au visage qui m'a projeté au sol. J'avais l'impression qu'il m'avait frappé avec un marteau, ma joue droite devait déjà avoir commencé à enfler.

Mon premier réflexe a été de me redresser rapidement sur mes genoux et de le chatouiller, le chatouiller oui, comme on taquine un enfant. Cela a d'ailleurs paru le désarçonner, j'ai pensé un moment qu'il allait, dans un sursaut d'idiotie, rigoler comme plus tôt avec ses amis et j'en ai profité pour le frapper au ventre de toutes mes forces. Encore une fois il a hurlé de douleur, m'a repoussé sur le plancher où je me suis étalé de tout mon long et a commencé à me rouer de coups de pied, dans les côtes et sur les jambes, avec ses bottes boueuses. Ses amis l'encourageaient en tapant sur la table, la musique était forte. Le patron est finalement intervenu, il m'a relevé par le collet et m'a trimbalé jusqu'à la sortie.

Une fois dehors, j'ai couru sans destination particulière et me suis retrouvé au beau milieu d'un terrain plat où je me suis laissé glisser par terre, au ralenti. La croûte a craqué sous mon poids. Je suis resté là, étendu dans la neige, à visualiser mon corps qui remplissait tranquillement le trou que ma chute y avait creusé, comme la préparation d'un gâteau qu'on verse dans un moule. Je me liquéfiais. Sans trop savoir pourquoi, je me suis mis à penser à Dieu, personnage bienveillant et pourtant diablement impartial, assis dans les nuages que j'imaginais être le prolongement vaporeux de sa pilosité faciale. J'essayais de comprendre comment Dieu pouvait être – pour ceux dont la spiritualité était plus sérieuse, plus élevée – cette lueur qui éclaire le monde ; pleine, totale, culminante, présente partout et dans tout. En prendre conscience, cela devait avoir l'impétuosité d'un orgasme volcanique.

Je me suis surpris à vouloir moi aussi être rempli de cette conscience rassurante, à jalouser ceux qui avaient reçu la grâce, qui savent que Dieu existe. Pour qui par conséquent il y a une promesse de salut, pour qui il y a une suite après le calvaire terrestre ; une deuxième vie délestée de tout poids, vécue dans un espace immaculé, éblouissant, dans un état de perpétuelle béatitude… Mais ce n'était pas le cas : pour moi, pour plusieurs, pour ma mère, il n'y avait pas de suite. Que l'absence d'être. Tout en y réfléchissant, je m'attendais à voir ressurgir l'ivrogne et ses acolytes avec la vague impression que je n'essaierais même pas de m'enfuir le cas échéant. Ce serait ma pénitence. J'en suis venu à espérer les voir surgir. Mais ils ne sont jamais venus, et j'ai fini par avoir froid. Après un temps, je me suis relevé de peine et de misère, courbaturé par les coups que je n'avais pas ressentis jusque-là, et je suis parti en direction du motel.

Juste comme j'allais insérer ma clé dans la serrure, j'ai entendu les râles et les grognements. Je me suis figé et j'ai tendu l'oreille pour voir si ça provenait d'ailleurs, mais non, ça s'ébattait à l'intérieur de notre chambre. Je me suis dirigé vers la fenêtre et je les ai vus, mon père et la serveuse. Ils n'avaient même pas pris la peine de tirer les rideaux qui pendaient de chaque côté. La lampe de chevet était allumée, ils étaient là au beau milieu du lit, les pans de tissu les encadraient comme dans un castelet. Mon père la prenait par derrière, et à chacune de ses poussées la serveuse ouvrait et refermait brusquement la bouche, on aurait dit qu'elle essayait de croquer ou de mordre quelque chose dans le vide. J'étais complètement estomaqué. Les yeux de la serveuse se révulsaient, ses seins flasques et flétris ballottaient entre ses bras comme deux longs pendules. Mon père s'arrêtait, puis repartait de plus belle, aussi violemment qu'une rafale de mitraillette, tout en sueur.

Je me suis ressaisi et j'ai reculé jusque dans l'aire de stationnement. Mais je n'arrivais pas à me débarrasser de ce film obscène auquel je venais d'assister sans le vouloir. Comme des voitures qu'on ne voit pas venir, les images de mon père et de la serveuse me fonçaient subitement dessus à une vitesse foudroyante, sans que je puisse faire quoi que ce soit pour les éviter. Ces deux corps étaient habités jusque dans leurs plus infimes replis. Ces deux mêmes corps qui au repos avaient perdu toute leur vitalité, qui étaient éteints, ou sur le point de l'être, leurs derniers traits lisses et sans imperfections ravagés par l'âge, étaient ardemment vivants. Je voulais me changer les idées, mais je n'y arrivais pas.

Quand j'y repense maintenant, je me dis que mon trouble n'a pas été causé par la nudité de mon père, ni par celle de la serveuse. Après tout, un corps est un corps est un corps est un corps, au même titre que la rose de Gertrude Stein. Non, c'est la férocité désespérée avec laquelle mon père forniquait qui m'avait troublé. Ça s'était passé rapidement, mais j'avais pu entrevoir quelque chose de surnaturel dans la gestuelle de mon père, dans sa posture. Bien qu'il se fût totalement abandonné aux plaisirs de la chair, plaisirs desquels il aurait dû s'abstenir et dont je ne sais pourquoi il en avait été autrement, je prenais conscience que mon père était habité, pendant qu'il baisait avec la serveuse, par un questionnement plus grand que nature, par un vertige existentiel qui le transcendait.

À la façon dont ses sourcils étaient arqués, dont son dos se cambrait, à la façon dont il se vautrait dans la chair avec abnégation, on voyait qu'un doute s'était immiscé au plus profond de son être, un doute insupportable, d'une envergure métaphysique, un doute dont mon père essayait de se débarrasser dans le corps d'une femme, n'importe laquelle, au terme d'un affrontement téméraire qui en fin de compte ne résoudrait rien. Acte de supplication ou d'héroïsme, je ne saurais dire. Mystique qui succombe à la Tentation ou guerrier nippon qui s'immole lors d'une bataille épique, s'inscrivant du même coup pour toujours dans l'Histoire, peut-être un peu des deux. Dans tous les cas, aussi bizarre que cela puisse paraître, il était évident qu'il s'agissait pour mon père d'une question de vie et de mort. Le vagin de la serveuse était un portail sacré qui donnait sur l'au-delà et mon père, rugissant, retenu sur le seuil, voulait coûte que coûte en apercevoir les contours.

Je ressassais ces impressions délirantes, un vertige au ventre. Je m'imaginais mon père nu au milieu d'un champ de bataille ensanglanté et boueux. Les bras levés, il interrogeait le ciel noir de fumée, mais ses questions restaient sans échos pendant que des hordes de barbares édentés, le sang pulsant dans les tempes, se ruaient sur lui. Après avoir tourné en rond encore quelques minutes, je me suis réfugié dans la voiture. C'est moi qui avais les clés, j'avais conduit de Québec à Tadoussac. Je n'arrêtais pas de gigoter sans réussir à trouver une position confortable dans mon siège. Les vitres de la voiture se sont peu à peu embuées. Pour remédier à la situation, j'ai fait démarrer le moteur et poussé le chauffage au maximum.

J'ai commencé à suer sous ma parka, la sueur trempait ma tuque. Et cela m'a frappé : les hommes jouissent comme des bouteilles de champagne sabrées, les femmes comme des feux d'artifice. Depuis toujours, le sexe était une affaire de célébration. Pendant que l'on mourait de guerres, de famines, de maladies, de vieillesse et d'accidents et de petits riens, de vétilles insupportables parce que c'est comme ça et puis c'est tout, on se reproduisait à un rythme industriel, le ciel s'illuminait de toutes les couleurs possibles, on fêtait nos visages pleins d'éclairs, démultipliés, le mousseux coulait à flots et inondait tout, tranquillement, la terre et l'herbe d'abord, puis les arbres, les gratte-ciels et les montagnes, sans cette fois qu'un marin divinement entêté soit prévenu, sans qu'on se munisse d'un rédempteur pour nous sauver du déluge, ça nous traversait sans même qu'on s'en rende compte, c'était énorme, c'était plus grand que nous, ça nous remplissait jusqu'au cou et par-dessus, et c'est justement pour cela qu'on fêtait, pour ne pas y penser, pour se reproduire, pour perdurer, on fêterait jusqu'à ce qu'il n'y ait plus rien, que de l'eau, des bulles fatiguées et des corps disloqués à la dérive...

L'espace d'un instant j'ai eu envie d'enfoncer l'accélérateur et de foncer droit devant, mais je me suis retenu. Alors que je croyais toujours être assis dans la voiture, je me suis vu à l'extérieur ramasser quelque chose par terre. Un caillou, une brique, un débris quelconque, un objet dur que j'ai longuement regardé dans ma main. Puis je me suis lancé ; la fenêtre a explosé sous le choc. Les éclats se sont éparpillés dans un tintamarre dissonant sur le béton. Au même instant la serveuse et mon père se relâchaient dans un long soupir d'extase qui ressemblait à une expiation.

V.

Ma mère et Kalo Frimm s'étaient liés d'amitié au beau milieu d'un champ de fraises. L'un et l'autre accroupis dans une rangée de paillis humide d'où s'élevaient à chaque pas des nuées noires de moustiques – les champs s'étiraient à perte de vue, sur des kilomètres –, ils s'étaient dévisagés, les mains tuméfiées et la peau brûlée par le soleil californien. Tous les deux avaient les cheveux blonds et les yeux bleus; c'est le destin, dans sa dimension grecque et atavique, qui les avait réunis. Du moins, c'est ce qu'elle avait cru comprendre en écoutant les chuchotements à peine audibles que lui adressait Kalo Frimm au-dessus des fraisiers. Il parlait d'un trait sans jamais reprendre son souffle; les mots s'alignaient dans sa bouche comme les wagons d'un train. Pour ponctuer ses phrases, mais surtout pour s'assurer qu'elle l'écoutait, il lui lançait les fraises qui ne correspondaient pas aux critères de qualité de la ferme, les trop mûres ou celles dont la chair était trop blanche, qu'il triait d'un geste désinvolte d'habitué.

Les parents de Kalo Frimm avaient fui la Tchécoslovaquie en 1947, un an avant le coup de Prague, alors que l'étau du parti communiste se resserrait sur leur pays. Ils avaient de la famille dans le sud-ouest de la France et ces relations avaient facilité leur immigration clandestine. Un bon matin ils étaient montés à bord d'une camionnette, escortés par une grande brute mi-homme mi-gorille qui ne parlait pas, mais qui transpirait beaucoup. Ils avaient emporté avec eux

139

tout ce que deux grosses valises pouvaient contenir et avaient ainsi traversé l'Autriche et l'Italie d'un trait, alors que Kalo Frimm venait tout juste de naître, petit poupon frêle enveloppé dans une nappe à carreaux sur leurs genoux. Le Slovaque avait vécu en France, puis à vingt et un ans il était parti pour les États-Unis. Malgré sa nature romantique qui le prédisposait aux révolutions, il avait quitté la France pendant les insurrections étudiantes et ouvrières de Mai 68 qui s'étaient étendues de l'épicentre parisien jusqu'aux frontières de l'Hexagone en l'espace de quelques mois.

Ma mère le soupçonnait d'y avoir été contraint. Kalo Frimm avait rejoint les barricades du Quartier latin durant la nuit du 10 au 11 mai, et à l'occasion d'une escarmouche, il avait blessé (ou tué?) un policier. Ou peut-être qu'il avait orchestré un attentat à la bombe contre le commissariat central de Paris, et qu'on avait découvert ses machinations juste avant qu'il ne passe aux actes? Ou était-il ce fameux chasseur qui avait fusillé Pépée sur les ordres de Madeleine, après que la guenon eut fait une chute dont elle avait peu de chances de se remettre? Léo Ferré avait mis sa tête à prix, il fallait payer pour la mort de son chimpanzé adoré. Enfin, quelque chose l'avait obligé à fuir rapidement le pays. Elle n'en savait rien et ne pouvait que se répandre en conjectures quant aux raisons qui l'avaient poussé à l'exil. Le Slovaque parlait peu de son passé: regardons vers l'avenir, la seule perspective temporelle que nous avons le pouvoir de contrôler. Il était friand de ce genre de formule qu'il multipliait en empoignant ma mère par les deux bras pour la bringuebaler de haut en bas.

Kalo Frimm était arrivé aux États-Unis via New York, où les tensions sociales n'étaient pas si différentes de celles qui agitaient la France et le reste du monde. Les émeutes proliféraient dans un Harlem secoué par l'assassinat de Martin Luther King Jr. et les jeunes têtes fleuries manifestaient contre la guerre au Vietnam. Le Slovaque se faufilait au cœur de tous les rassemblements et prenait rapidement la tête des bataillons d'émeutiers. Quand l'argent venait à manquer, il prenait un emploi de plonge ou de conciergerie dans les restaurants et les hôtels. Il avait une préférence pour ces derniers où il volait de la nourriture, du savon et des couvertures qu'il redistribuait ensuite dans les squats qu'il fréquentait. Il ne gardait pas longtemps ses emplois : soit on le remerciait à cause de ses retards, de ses incartades ou de ses refus d'obtempérer, soit il les quittait sur un coup de tête.

De fil en aiguille, le Slovaque avait réussi à survivre et à gagner de l'argent dans des circonstances qu'il n'avait jamais voulu exposer à ma mère, la laissant libre de se l'imaginer au cœur des combines les plus farfelues. Il avait fui New York, traversé le pays et finalement échoué à Santa Maria, avec des immigrants mexicains pour la plupart illégaux, à cueillir des fraises pour un salaire de misère. Il était heureux, pourtant comblé, et contemplait son avenir sans trop s'inquiéter. Un jour ou l'autre, il retournerait en Europe auprès des siens. Restait à déterminer le moment opportun pour partir.

Quant à ma mère, elle s'était rendue à Los Angeles après avoir quitté San Francisco, dans le même état de léthargie qui l'avait accablée là-bas. En feuilletant les petites annonces dans le journal, elle avait trouvé une chambre pas plus grande qu'une garde-robe dont l'unique fenêtre ressemblait à un hublot. La chambre était située dans un appartement de South Central qu'un couple de Portoricains partageait avec elle. Elle passait ses journées à dormir et à lire, étendue dans son lit à une place aux ressorts trop saillants. Elle aurait dû chercher du travail, mais elle en était incapable. Elle n'osait pas se l'admettre; tôt ou tard, il lui faudrait retourner à Montréal.

Ses maigres économies fondaient à vue d'œil même si elle ne dépensait presque pas. Elle se nourrissait de pain et d'eau et ne refusait jamais les invitations à souper de Saona et Sebastian. Les Portoricains s'étaient entichés de cette jeune femme discrète et fluette qui rasait les murs, parlait peu et dont le regard évoquait celui des chiens négligés que l'on ne promène pas assez. Saona maîtrisait l'art de l'*arroz con gandules* et de l'*alcapurria*. Elle emmenait souvent ma mère au marché et lui montrait comment cuisiner ces plats traditionnels. Elle lui servait ensuite d'immenses portions dignes de l'appétit d'un ouvrier, que ma mère engloutissait une après l'autre à la grande satisfaction de ses nouveaux amis. Elle savait que le lendemain et les jours d'après, elle ne mangerait pas autant.

C'est ainsi qu'ils passaient leur journée et leur soirée du dimanche, à discuter dans un anglais approximatif. Au-dessus de leur tête, l'unique ampoule nue faisait office de luminaire; elle grésillait de temps à autre et jetait une lumière blafarde qui accentuait leurs cernes et les traits fatigués de leurs visages si proches les uns des autres. Au fil de la discussion, les corps des trois convives s'inclinaient graduellement vers l'avant, pareils au mouvement lent et presque imperceptible des amants qui s'embrassent pour la première fois, comme si les murs de la pièce se repliaient sur eux. Lorsqu'ils remuaient leurs coudes posés sur la nappe de vinyle collante, il se produisait un bruit semblable à du velcro qui se décroche, ce qui ponctuait leur douce conversation de façon arythmique.

Elle les écoutait raconter leurs histoires familiales et leur pays. Les Portoricains se laissaient aller, volubiles et admiratifs, à la nostalgie de leur terre natale. Le père de Saona avait été boxeur. Dans le milieu, on le surnommait «El Curado». Lors d'un séjour en mer avec son frère et son père qui étaient pêcheurs, il avait plongé pour aller démêler un des filets dont les mailles étaient prises dans un banc de coraux. Il s'était fait attaquer par un barracuda qui lui avait labouré le mollet et la cuisse droite, et y avait laissé de vilaines cicatrices. Sur le ring, El Curado portait un cuissard très court, et avait profité à maintes reprises de cette jambe d'appui qu'on aurait dite vitriolée et dont l'aspect dégoûtant ne manquait pas de déstabiliser ses adversaires.

Le père de Saona avait gagné beaucoup de combats, mais il avait boxé trop longtemps. Il s'était entêté afin de subvenir aux besoins de sa famille alors qu'il perdait déjà la plupart de ses combats par knock-out. À moitié sénile, il avait enfin pris sa retraite et était mort quelques années plus tard d'une rupture d'anévrisme, au beau milieu de son jogging quotidien dans les rues de San Juan. Saona s'était mariée avec Sebastian peu de temps après avoir enterré son père et ils étaient partis ensemble pour la Californie. Ma mère leur posait toujours un tas de questions et les heures s'égrenaient souvent jusqu'à tard dans la nuit sans qu'ils s'en aperçoivent. Tous les trois se rassemblaient dans un douillet cocon d'intimité que seuls les expatriés peuvent partager avec autant de sollicitude chaude et spontanée. Sebastian travaillait dans une manufacture de produits nettoyants, Saona comme femme de ménage. Ils avaient essayé pendant plusieurs années d'avoir des enfants, sans succès.

Après plusieurs semaines de ces soirées quasi familiales, ils avaient invité un ami à se joindre à eux. Raymond travaillait comme jardinier pour la ville d'Encino, il prenait aussi des contrats de paysagement dans les quartiers chics de Hollywood. Il était arrivé en retard et avait commencé à boire aussitôt assis à table. Dès qu'il terminait une bière, il en décapsulait une autre et la descendait d'un trait en deux ou trois gorgées bruyantes, la tête relevée, les yeux mi-clos et les narines dilatées. Plus la soirée avançait, plus Raymond s'enivrait. Incapable de tenir en place, il se redressait et s'affalait sur sa chaise dans le même élan.

Elle n'avait pas trop fait attention à lui, jusqu'à ce qu'il commence à se vanter d'avoir été agent infiltrateur pour la CIA. Ses paroles jusque-là inintelligibles s'étaient précisées, le jardinier avait piqué leur curiosité. Remarquant tous les regards posés sur lui, Raymond s'était levé pour poursuivre. Il titubait tellement qu'on avait l'impression qu'il dansait en se déhanchant. La bière qu'il tenait dans sa main ne cessait de mousser, ce qui avivait la tension et la volubilité de son monologue : il avait, prétendait-il, participé au débarquement de la baie des Cochons, puis infiltré les rangs du Sentier lumineux à titre d'informateur. Il avait pris sa retraite en 1967. Raymond avait l'âge des Portoricains, la cinquantaine passée.

Plus il jacassait, plus l'incrédulité se lisait sur le visage de ma mère. Son silence traduisait autre chose que de l'empathie pour ses aventures, et Raymond avait tourné vers elle des yeux qui oscillaient de droite à gauche, aussi rapidement que la tige d'un métronome programmé à quatre cents bpm. Comme s'il n'attendait que cela, il avait éructé :

— You don't believe me ? Look at me, you don't believe me ?

Sans cesser de la questionner, le jardinier avait sauté sur la table, ôté son chandail et tiré, dans le même mouvement désordonné, l'ampoule pour éclairer son ventre et lui montrer les cicatrices qui émaillaient sa peau flétrie.

— See this ? Young girl, these are Peruvian bullets, straight through the chest and out back, out my right shoulder! Can't you see it? I bled like a goddamn pig for four hours before someone finally took care of it. In the fucking jungle, like a monkey...

Il agitait le cordon de l'ampoule comme un fouet, menaçait ma mère le poing tendu.

— I nearly died for this goddamn country...

Cette dernière exclamation était restée en suspens dans la salle à manger. Figé l'instant d'avant, le jardinier s'était soudainement détendu, comme une statue qui s'anime.

— But it's over now, I'm tired... and I like planting flowers. Nice colorful flowers... they smell good...

Il avait marmonné ça pour lui-même, seul quelque part dans sa tête. Personne n'avait osé dire quoi que ce soit. Finalement, après une minute beaucoup trop longue, Saona avait brisé la glace en proposant de servir le dessert. Raymond avait laissé tomber la tête sur la table, son dos bougeait, il produisait des sons étranges avec sa bouche, on ne savait pas s'il pleurnichait ou s'il riait. Saona avait passé sa main dans ses cheveux et ma mère avait demandé, timidement :

— Isn't it a state secret?

— It is, my dear.

Tout le monde était resté suspendu à sa dernière phrase. Ils attendaient la suite, mais rien ne venait. Elle avait alors poursuivi :

— I mean... We're not supposed to know about this, right?

Le jardinier n'avait pas répondu, il ne l'écoutait plus.

— ... What if we talk about it?

Ça avait été plus fort qu'elle, ma mère ne croyait pas à son histoire. Il essayait de se rendre intéressant. La question importune lui avait échappé, telle une éructation inopinée regrettée sur-le-champ. Raymond avait à peine soulevé la tête. Sa mâchoire et son nez

145

restaient collés sur la toile cirée, on ne voyait que ses yeux et son front. L'air était pesant, elle se sentait coincée dans la mire d'un franc-tireur. Plusieurs secondes avaient filé dans un silence bruissant d'animosité.

— Well then... You look like such a sweet girl... and I hate to say this, but maybe I'd have to kill you.

L'instant d'après, Raymond avait poussé un hurlement. Dans son regard halluciné, il n'y avait aucun doute qu'une telle éventualité pouvait se produire. Saona avait grommelé quelque chose en espagnol, la main posée sur la croix qu'elle portait au cou, et lui avait asséné une claque derrière la tête. Sebastian l'avait ensuite extirpé de sa chaise et traîné jusqu'à la porte. Ma mère était sonnée ; elle n'avait pas gobé un instant ses élucubrations d'ivrogne, mais le jardinier avait craché sa dernière phrase avec beaucoup de conviction, comme s'il en faisait un serment. Elle inventait déjà toutes sortes de scénarios dans lesquels il la torturait, lui arrachait les ongles un à un pour ensuite lui tremper le bout des doigts dans du jus de citron.

Raymond avait continué de gueuler derrière la porte close qu'il avait bourrée de coups de poing et de pied, puis le vacarme avait cessé. Saona et Sebastian avaient bredouillé des excuses maladroites qui se voulaient rassurantes, lui assurant qu'ils ne l'avaient jamais vu dans cet état. Mais il n'y avait rien à faire, cet épisode avait considérablement refroidi la soirée qui avait pourtant bien commencé. Elle était allée se coucher peu de temps après, et le jardinier n'avait jamais été réinvité à souper. Je ne sais pas si cela avait contribué à précipiter son départ, elle était plutôt peureuse de nature, mais elle avait décampé une semaine après.

Hormis cette soirée désagréable, elle avait apprécié les moments passés avec Saona et Sebastian et les avait quittés avec beaucoup de peine le temps venu. Elle devait se rendre à l'évidence ; il lui restait juste assez d'argent pour payer le prochain mois de loyer et rentrer à Montréal en autostop. Elle avait choisi de remonter jusqu'à Vancouver et de traverser le pays d'ouest en est. Comme elle ne savait pas comment dire adieu aux Portoricains, elle leur avait laissé une enveloppe sur la table de la salle à manger, dans laquelle elle avait glissé de l'argent et un dessin d'eux trois ensemble. Puis elle était partie dans la nuit pendant qu'ils dormaient ; elle avait pris soin de faire son lit et de nettoyer de fond en comble la chambre qu'elle avait occupée. Elle n'avait pas eu à attendre trop longtemps avant qu'un véhicule s'arrête à sa hauteur en bordure de l'autoroute où elle avait patienté après son départ furtif.

C'est un camionneur qui l'avait embarquée, ils roulaient depuis déjà un bon moment et traversaient la ville de Guadalupe lorsqu'ils avaient croisé un contingent d'hommes et de femmes, pour la plupart d'origine sud-américaine, entassés sur l'accotement de l'autoroute 101. Son chauffeur s'était raclé la gorge et avait craché une expectoration juteuse par la fenêtre ouverte tout en les regardant de travers. Devant les Latinos, des autobus scolaires, des fourgonnettes poussiéreuses et des voitures rouillées qui crachotaient leurs gaz d'échappement s'alignaient pare-chocs contre pare-chocs. Des petits groupes montaient à bord de cette caravane improvisée, d'autres continuaient à attendre.

Des jeunes à bicyclette roulaient lentement en cercle autour des gens, aboyant à tue-tête des choses qu'elle n'arrivait pas à comprendre, comme des chiens de berger autour d'un troupeau de moutons. Eux aussi semblaient patienter avant le départ pour les champs. Elle avait déjà entendu parler de ces travailleurs agricoles qui étaient de plus en plus nombreux dans la région. On parlait d'une invasion, d'un véritable cancer, et parfois d'une main-d'œuvre à bon marché qu'on avait le loisir de déporter une fois les besognes saisonnières accomplies. Dans tous les cas, les opinions étaient polarisées et peu de gens étaient sympathiques à cette population taillable et corvéable à merci.

Dans un élan qui l'avait surprise, avec cette voix mal assurée qui attendrissait la plupart des gens, elle avait demandé au camionneur de la déposer là. Un prétexte peut-être pour se débarrasser de cet homme vulgaire qui n'avait cessé depuis qu'il l'avait embarquée de lui reluquer les jambes et d'essuyer ses mains sales sur son pantalon, alors que son palais mou vibrait grassement à chacune de ses inspirations. Elle avait regardé le dix-huit roues s'éloigner sur l'autoroute et avait aussitôt regretté sa décision. Comme elle n'avait pas envie de se morfondre à attendre la prochaine voiture qui voudrait bien s'arrêter, elle avait rejoint les cueilleurs et s'était fondue dans le groupe, qui l'avait acceptée avec indifférence.

Ils venaient tout juste de quitter les arrière-cours, les garages ou les cabanes de fortune qu'ils occupaient à Guadalupe, encore endormis, ankylosés par le froid et le travail de la veille. Les hommes portaient des chapeaux de cow-boy ou des casquettes à l'effigie des Giants et des Dodgers dont les rebords et les palettes défraîchies étaient maculés de traces de sueur. Emmitouflés dans leurs coupe-vents, leurs mains gantées enfoncées dans leurs poches, ils grelottaient et sautillaient sur place pour se dégourdir. Leurs bottes de travail et leurs espadrilles trouées claquaient sur l'asphalte comme pour invoquer le soleil qui ne s'était pas encore levé. L'air était humide et froid. Les femmes avaient pour la plupart la tête et le cou enroulés dans des foulards aux couleurs vives qui ne laissaient voir que leurs yeux. C'était le seul élément vestimentaire

148

qui permettait de différencier les sexes au sein de cet attroupement de corps affaissés et crispés, couverts de la tête aux pieds.

Le temps venu, elle était montée à bord d'un autobus scolaire avec eux. À Santa Maria, elle avait fait la file comme tous les autres devant les fermiers qui choisissaient d'un signe de main blasé les cueilleurs qui récolteraient leurs produits pour la journée. Le hasard l'avait envoyée dans la rangée adjacente à celle de Kalo Frimm. Le Slovaque l'avait immédiatement prise sous son aile : il s'était rapidement aperçu qu'elle ne savait pas comment s'y prendre et lui avait enseigné les rudiments de la cueillette. Ils avaient d'abord communiqué en anglais, puis au détour d'une conversation, ils étaient passés au français, réjouis par cette coïncidence que Kalo Frimm nommait destin, contents de s'exprimer dans une langue qu'ils maîtrisaient tous les deux.

Le soir même, elle était retournée avec lui à Guadalupe. Il lui avait proposé de l'héberger un temps et elle avait accepté spontanément, elle qui avait l'habitude de se méfier de tout. Elle lui faisait confiance sans pouvoir s'expliquer ce qui la portait vers lui. Le Slovaque habitait dans un taudis au milieu d'un terrain vague où d'autres campeurs s'étaient installés, venus eux aussi travailler dans les champs. Après une semaine, ils avaient fait l'amour maladroitement sur une couverture humide étalée sur le sol en guise de lit et ne s'étaient plus jamais séparés jusqu'à ce qu'elle l'abandonne dans un accès de panique qu'elle avait regretté toute sa vie. Ils avaient connu une période fusionnelle pendant laquelle elle n'avait jamais été aussi heureuse. Ils buissonnaient régulièrement durant des journées de travail pour rester lovés du matin au soir dans leur intimité bucolique, bras, jambes et corps enchevêtrés comme deux pieuvres qui se livraient bataille.

Elle se faisait du mauvais sang, le salaire était dérisoire, il fallait boire et manger, se laver. Mais Kalo Frimm gardait son calme et son enthousiasme : on ne se prenait pas la tête avec ces détails. Il allait prendre soin d'elle, veiller à ce qu'elle ne manque de rien. Il avait réponse à tout. Quand il la voyait tenaillée par l'angoisse, il la rassurait d'abord et partait faire des commissions pour revenir chargé de victuailles. Il déposait les sacs, lui pinçait les joues et s'adonnait à une parade de boxeur sur le point d'entrer dans le ring : direct avant, direct arrière, uppercut, crochet de gauche et de droite, des mouvements sifflants, le corps presque en lévitation. Puis il s'esclaffait et lui préparait quelque chose à manger. Elle se demandait comment il arrivait à éponger toutes ces dépenses qui dépassaient de loin leurs maigres moyens, mais elle ne lui posait pas de questions et se contentait de l'enlacer par-derrière, le nez enfoui dans son chandail pendant qu'il apprêtait des sandwichs ou une salade.

Souvent, et même lorsqu'ils travaillaient le lendemain, Kalo Frimm filait durant la nuit. La croyant endormie, le Slovaque se levait sans faire de bruit, aussi furtif qu'un chat, et lorsqu'il rentrait des heures plus tard, il se glissait sous le tas de linge dont ils se servaient pour se couvrir et la serrait fermement contre lui. Elle ne disait rien, elle avait confiance en leur amour et préférait lui laisser ses secrets. Elle ne voulait surtout pas envahir son espace. Quand ils étaient pelotonnés l'un contre l'autre, elle avait l'impression, voire la certitude, qu'elle avait retrouvé une partie d'elle-même qui lui aurait échappé jusque-là.

Pour la première fois, elle se sentait à sa place, là où elle devait être. Elle se sentait au monde. La vie, enfin, se manifestait. Même s'ils ne se connaissaient que depuis quelques mois, la passion qui les unissait et ce travail d'ouvrier agricole sans véritables attaches leur procuraient un sentiment de plénitude qui se suffisait à lui-même. L'enthousiasme inébranlable et la vitalité du Slovaque lui donnaient des ailes. Elle sentait son être se démultiplier et s'ouvrir sur une infinité de possibles. L'existence était devenue riche de sens comme Crésus l'avait été de trésors. Cette plénitude, elle ne l'avait jamais retrouvée par la suite, ni avec mon père ni dans quoi que ce soit, hormis par procuration, dans les livres. Cependant, comme cela arrive trop souvent, sous l'effet d'une force dévastatrice qui les dépassait tous les deux, son bonheur, celui qu'elle partageait avec le Slovaque, avait fini par s'étioler.

Au retour d'une des escapades nocturnes de Kalo Frimm, elle s'était réveillée en sursaut comme au sortir d'un cauchemar et l'avait découvert recroquevillé dans un coin de la pièce. Il n'y avait pas d'électricité, donc presque pas de lumière; que la lune qui éclairait Kalo Frimm et voilait le bas de son visage d'une teinte bleutée. Elle avait cru apercevoir du sang sur ses lèvres, elles étaient mouillées et foncées. Elle ne voyait que sa bouche, encadrée par l'unique filet de clarté qui filtrait au travers des lattes de bois devant lui. Kalo Frimm s'épongeait doucement les lèvres avec un chandail et pleurait en silence. Il ne gémissait pas, il inspirait par petites saccades, comme s'il hyperventilait. À chacune de ses expirations, il baragouinait des paroles en slovaque semblables à des comptines et elle n'osait pas l'interrompre. Elle ne l'avait jamais vu ainsi chargé d'une douleur électrisante. Kalo Frimm se donnait des coups dans la poitrine et se balançait d'avant en arrière. Elle avait l'impression que si elle intervenait, il y aurait explosion, effondrement, glissement de terrain et cataclysme. Comme si l'être du Slovaque était en état d'instabilité gravitationnelle.

Pour éviter d'attirer son attention, elle s'était lovée sous les vêtements épars. Elle respirait si faiblement que, l'air lui chatouillant les narines, elle avait fini par éternuer. Elle avait tenté de réprimer l'éclat, mais n'y était pas parvenue. Le Slovaque avait tourné la tête vers elle, presque sur la défensive, comme s'il n'avait pas remarqué jusqu'alors qu'elle était là, à un mètre de lui. Le regard de Kalo Frimm avait instantanément croisé le sien, mais elle avait plissé les yeux et feint de dormir. Elle continuait de l'observer à son insu.

Kalo Frimm arborait une expression que seuls pouvaient avoir les aveugles de naissance recouvrant la vue sous l'effet d'un acte divin ; elle tentait de décrypter ce regard qui l'hypnotisait à travers la fente de ses paupières. Les yeux du Slovaque, exorbités et médusés comme ceux d'un tarsier, faisaient naître en elle des sentiments contradictoires qui se succédaient en cascade et qu'elle s'expliquait mal. Un mélange de peur et de tristesse, une tristesse écrasante. Elle avait envie de l'étreindre, mais comme on le fait sous les bombes.

Après un moment qui lui avait paru durer une éternité, et durant lequel les deux amants s'étaient regardés sans vraiment se voir, Kalo Frimm était venu la rejoindre à quatre pattes. Il était sur ses gardes, tel un animal sauvage auquel on aurait tendu un morceau de nourriture. Il s'était collé contre elle sous le tas de linge et s'était mis à l'embrasser dans le cou. Ils avaient ensuite fait l'amour jusqu'au matin, s'assoupissant et se réveillant dans un frisson, allant et venant de manière si douce que leurs ébats ressemblaient à des frôlements.

C'est à partir de cette nuit-là que les choses avaient commencé à se détériorer. Le lendemain, lorsque Kalo Frimm était parti courir, elle avait fouillé leur taudis à la recherche du chandail taché de sang, mais ne l'avait pas retrouvé. Elle l'avait attendu avec impatience, mais le Slovaque avait couru plus longtemps qu'à l'habitude. Elle tournait en rond, avait changé plusieurs fois de vêtements, jamais satisfaite de sa silhouette et des morceaux de linge qu'elle enfilait un après l'autre. Elle sortait de leur taudis à tout instant, espérant le voir surgir à l'autre bout du terrain vague. Elle n'avait pas réussi à avaler une seule bouchée de la salade qu'elle s'était préparée.

Après cette mystérieuse nuit, l'amant de ma mère lui avait échappé de plus en plus, comme une épave qu'on regarde impuissant sombrer au fond de l'eau. Kalo Frimm avait toujours été intense; de son corps irradiait une énergie féroce quand il bougeait, quand il parlait, même quand il dormait. Au début de leur amour, il avait échappé quelques mots au sujet du mythe de Thulé, qui d'ailleurs pour lui n'en était pas un. Ce jour-là, plus extasié que jamais, Kalo Frimm avait commencé à en parler dès qu'il était revenu de sa course et n'avait plus arrêté.

Il lui disait qu'un jour ils habiteraient sur cette île, qu'il savait où elle se situait, quelque part dans la mer norvégienne, entre l'Islande et les îles Féroé. Ou peut-être au nord du Groenland? Les écrits différaient selon l'époque. L'Arctique était vaste, le Slovaque n'en était pas tout à fait certain. Peu importe, ils achèteraient un voilier et navigueraient jusqu'à ce qu'ils la trouvent, quitte à s'y rendre à pied sur les mers de glace s'il le fallait. Ils rejoindraient les Hyperboréens, et avec eux cultiveraient les terres fécondes de Thulé, là où le soleil brille constamment. Ces peuples vivaient en parfaite harmonie avec la nature, ils ne faisaient qu'un avec elle, ils avaient enfin résolu le mystère de la vie. C'était désormais la seule chose qui préoccupait le Slovaque. Après cette nuit singulière, son énergie avait décuplé, mais elle se condensait exclusivement dans son délire. Il était dorénavant exalté, ma mère ne le reconnaissait plus.

Le Slovaque avait toujours pris la défense des cueilleurs plus lents et moins efficaces, allant jusqu'à les aider à remplir leurs seaux pour leur éviter les remontrances des fermiers. Mais il s'était mis à leur crier par la tête. Il les poussait à se dépêcher, il allait même jusqu'à cueillir les fraises à leur place, sa respiration menaçante sifflant à leurs oreilles. Tout le monde en avait peur maintenant, au grand bonheur des fermiers, évidemment. Kalo Frimm était devenu le kapo des champs de fraises. Il exhortait les cueilleurs à presser le pas, à ne pas rester sur place. Il répétait sans cesse les mêmes phrases : la vie est un mouvement perpétuel, ne pas se laisser happer par son flot, c'est ne pas la reconnaître telle qu'elle est, c'est lui faire offense.

La seule personne avec qui il était resté bienveillant, c'était ma mère, bien qu'il ne lui épargnait pas ses théories les plus confuses dans lesquelles il s'égarait sans relâche. Il était homme de frontière, parlait d'expériences limites et d'absolu. Fuseau horaire par fuseau horaire, il avait conquis l'Ouest, là où la terre se jette dans l'océan, comme les colons américains avant lui. Il en avait assez vu et voulait partir pour le Grand Nord via la Scandinavie, sans plus attendre. Thulé les attendait. C'était le bout du monde, c'est là qu'aboutissait la conscience humaine. Les Hyperboréens étaient blonds, avaient les yeux bleus, comme eux. Ils seraient bien accueillis dans cette vallée verdoyante et fertile logée au cœur des banquises de l'Arctique, là où la maladie et les querelles n'existaient pas, où la mort était douce et la vie réelle. Cette même vie réelle qu'il attribuait auparavant aux travailleurs saisonniers dont ils partageaient le sort. Thulé n'était pas un mythe, ce n'était pas le paradis que s'étaient approprié les nazis. On aurait dû atomiser l'Allemagne, pas le Japon. Les traditions nippones étaient les plus respectables. Thulé ne connaissait pas la haine. C'était l'endroit le plus éloigné sur terre, sa courbure, ses confins. Au-delà, rien n'existait. Pouvait-on demander mieux que d'être témoin de la fin des choses terrestres?

Elle ne comprenait pas à quoi Kalo Frimm faisait référence. Incapable de le suivre dans son délire, elle essayait vainement de le faire bifurquer vers autre chose, vers leur couple, leur corps, les champs de fraises, n'importe quoi. Mais il revenait toujours à Thulé, intraitable : ils devaient fuir les États-Unis, c'était devenu un leitmotiv obsédant. Depuis l'incident du chandail, le Slovaque se réveillait souvent en criant la nuit, les poings serrés, prêt à frapper. Il courait de plus en plus longtemps, s'entraînait jusqu'à ce que ses muscles craquent sous sa peau. Elle le prenait dans ses bras, essayait de détendre ce corps tremblant et dur comme du carbone. Elle désespérait de le voir reprendre ses esprits et commençait lentement à se persuader qu'il était irrécupérable. La vie de Kalo Frimm était, comme il le proclamait, une ruée vers l'avant. Il n'y aurait pas de marche arrière, les engrenages de son destin s'étaient enclenchés, il n'y avait plus de retour possible.

Quand il a commencé à prêcher debout dans les champs, elle s'est finalement décidée à partir avec lui pour l'Europe. La tête tournée vers le soleil, les bras grands ouverts comme un Christ en croix, il se lançait dans des litanies interminables, sautant du coq à l'âne, mélangeant le français, l'anglais, l'espagnol et le slovaque sans que l'on y comprenne rien. Il postillonnait, écume aux lèvres, s'arrêtait net au milieu d'une phrase, se penchait sur ses fraises l'instant d'une accalmie et recommençait sans prévenir. Il ne faisait plus peur. Au contraire, on s'était mis à médire de lui, sans même prendre la peine de le faire dans son dos. Kalo Frimm, le péon prophétique. Plus personne ne lui prêtait attention. Elle en avait le cœur brisé; cet homme qu'elle avait connu si fier, si imposant, était

155

devenu la risée de tous. On l'évitait comme on évite les vieux et les malades. Les fermiers trouvaient la situation de plus en plus problématique, d'autant plus que son rendement jusqu'alors exemplaire était à la baisse.

Un jour un fermier exaspéré avait demandé au Slovaque de se taire. Il s'était mis à courir de long en large dans sa rangée en poussant des grognements, jusqu'à ce que le fermier lui ordonne de déguerpir et de ne plus remettre les pieds sur sa ferme. Cela avait achevé de la convaincre de partir. Son amant ne s'était pas fait prier et la journée même, ils étaient retournés à Los Angeles d'où ils avaient pris un train pour New York. Kalo Frimm avait tout payé, sans qu'elle sache d'où provenait l'argent. Ce qui devait arriver était finalement arrivé. Peut-être pas tout à fait comme cela, mais durant le trajet, elle avait dû rester silencieuse et peu réceptive. Le Slovaque ne l'avait sans doute même pas remarqué.

Rendus là-bas, vu l'état délirant dans lequel se trouvait son amant, qu'arriverait-il ? Empêtré dans ses divagations, il s'était déjà distancié d'elle au point où elle avait eu l'impression de côtoyer un inconnu… Elle n'avait jamais eu envie d'aller en Europe. Et s'il décidait de l'abandonner une fois sur le Vieux Continent ? À coup sûr, il allait l'entraîner avec lui dans sa folie. Cette histoire ne pouvait aboutir à rien d'autre qu'un échec. Elle sentait monter en elle depuis le ventre jusqu'à la tête ce frisson en montagnes russes qu'elle connaissait si bien. Le même vertige qui l'avait prise à maintes reprises, depuis sa tendre enfance. L'appel de la fuite, son aventure à elle, la seule qu'elle connaissait, ce trou noir de l'existence qui finissait toujours par l'aspirer.

Le train venait tout juste de se mettre en branle et elle s'était allongée, la tête sur les genoux de Kalo Frimm, le dos tourné afin qu'il ne puisse pas voir son visage rougi qui se couvrait de sueur. Elle essayait tant bien que mal de contenir la panique qui menaçait de la faire bondir à tout moment. Le Slovaque la caressait tout en sifflotant une mélodie atonale. Il devait sentir la tension de ma mère sous ses doigts, car il lui avait doucement pris le visage et l'avait tourné vers le sien. Après l'avoir observée un moment en silence, Kalo Frimm lui avait souri de toutes ses dents. Le sourire dévoilait ses incisives centrales espacées, on aurait dit deux portes de grange entrouvertes, d'où semblaient sortir les vers du poème qu'il venait de commencer à réciter. Elle n'avait pas pu retenir ses larmes et Kalo Frimm s'était mis à les essuyer machinalement avec le bout de son pouce sans trop s'en apercevoir, absorbé par le son de sa propre voix et la musique des mots qu'il récitait. Lui, si attentif autrefois aux moindres faits et gestes de ma mère, avait été englouti par un univers hermétique où il n'y avait pas de place pour elle

Il était beau, si lointain et pourtant si présent. Il récitait en boucle ce poème dont elle n'arrivait plus à se souvenir aujourd'hui, sans arrêter de lui flatter le cou, le nez, la nuque et les cheveux. Ces vers d'une autre époque prenaient l'allure d'une révélation. Elle n'avait jamais entendu des paroles aussi tangibles, aussi vivantes. Des mots comme autant de biotopes en miniature, pleins à ras bord et qui se substituaient les uns aux autres. Une voix comme une coulée de lave qui les consumait… Elle l'aimait si fort, à cet instant, plus qu'elle ne l'avait jamais aimé. Elle en avait du mal à respirer, il ne fallait pas qu'il s'arrête, s'il continuait, c'était décidé, elle le suivrait jusqu'au bout de son voyage. Mais Kalo Frimm s'était tu comme on meurt, et avait emporté avec lui cette poésie qui avait tant ému ma mère. Il avait fermé les yeux et s'était endormi. C'était le dernier moment qu'ils avaient partagé. Elle avait pleuré, tant pleuré, incapable de bouger, sans bruit, enlaçant le corps de son amant assoupi.

Au premier arrêt, à Springfield dans l'Illinois, elle s'était levée sans le réveiller et avait pris le chandail de laine qu'il avait laissé traîner sur la couchette et qu'elle avait ensuite conservé des années durant dans un sac de plastique orange pour en préserver l'odeur. Elle était sortie de la cabine, du wagon, puis de la gare, et sans attendre que le convoi reparte, elle était sortie de sa vie. Elle était retournée à Montréal et avait rencontré mon père quelques années plus tard. Elle avait souffert longtemps de cette rupture, de ce rendez-vous manqué avec Kalo Frimm. La rencontre avec mon père avait tout de même fini par atténuer sa peine, ou du moins, lui changer les idées. Pourquoi n'avait-elle pas suivi le Slovaque? Qu'aurait été sa vie sur le Vieux Continent? Et à quoi sa vie s'était-elle finalement résumée?

*

Étendue sur son lit, incapable de s'endormir, ma mère, je crois, désespérait de n'avoir pas su déjouer sa propre nature, s'en voulait plus que jamais auparavant. Cette aventure aurait pu changer le cours des choses, mais elle avait préféré une fois de plus rebrousser chemin. Partir non pas pour aller, mais pour chercher à retourner. Ne jamais trouver de refuge nulle part. Cette paix qu'elle avait toujours cherchée et qu'elle avait cru trouver au milieu des fraises, dans les jets de lumière poussiéreux et jaunes qui perçaient de part et d'autre le taudis qui avait abrité leur amour, au fond de son cœur qu'elle écoutait battre en silence lorsque le vent soulevait tranquillement les rideaux en toile, les rumeurs incompréhensibles du monde qui pendant quelques mois s'étaient tues; tout cela n'était qu'un subterfuge. Ma mère avait envie de tout casser dans la chambre de motel, d'arracher les tableaux fades de bols de fruits et de scènes pastorales qui ornaient les murs, mais au lieu de cela, elle s'est levée et a quitté la chambre du motel sans laisser poindre la rage qui l'animait. Il était temps pour elle d'en finir.

VI.

Mon père était revenu un soir à la maison. C'était fin août, juste avant que j'emménage en appartement et que je commence le cégep. Je m'apprêtais à entreprendre un diplôme en guitare jazz que j'abandonnerais quelques mois plus tard, faute de discipline et de cœur à l'ouvrage, suivi d'un autre diplôme (en arts et lettres celui-là), abandonné lui aussi. Je ne tarderais pas aussi à perdre mon pucelage vite fait mal fait, terrassé en moins d'une minute par une fille que j'avais courtisée toute une soirée de façon maladroite, trop inexpérimenté pour lui dissimuler mon manque d'assurance et ma condition de puceau. J'avais été initié à la fornication dans le bar où j'avais été engagé comme aide-serveur après mon échec collégial, dans une cabine de la toilette des femmes.

D'ailleurs, je me rappelle très bien la petite culotte de celle qui m'a ravi, sa couleur surtout, qui avait semblé illuminer nos ébats; son mauve vif luisait dans la pénombre comme une enseigne au néon, elle se l'était descendue jusqu'aux chevilles avant de relever sa jupe et de me chevaucher brusquement. Son collier fait de billes et de breloques orientales avait cliqueté et rebondi sur son chemisier évasé, et j'avais malgré moi été incapable de me concentrer sur autre chose, ça et sa petite culotte fluorescente. Comme une maraca ou un tambourin, les cliquetis de son collier avaient agrémenté le rythme de ses soupirs pendant le trop bref instant que l'étreinte avait duré. Aussitôt terminé, elle m'avait laissé là, haletant, seul avec mes pantalons défaits et mon sexe humide qui se dégonflait tristement. Je ne m'étais même pas rendu compte qu'elle avait détalé.

Pendant toutes les impatientes années qui avaient suivi mon éveil sexuel, j'avais bien sûr appréhendé autrement ces aventures; je leur avais prêté toutes sortes de couleurs majestueuses et de foisonnements romanesques. Une fois vécues, elles m'avaient laissé pantois. Je leur avais probablement accordé trop d'importance, si bien qu'une fois l'éclair de la jouissance passé, je m'étais senti berné, littéralement fourvoyé. Cela n'était, finalement, que l'une des nombreuses supercheries que la vie tâcherait de me passer à la va-vite.

Bref, juste avant que commence ma vie erratique de jeune adulte et que je ne voie plus mes parents que très occasionnellement, mon père s'était pointé à la maison sans avertir en cette fin d'après-midi d'août, des sacs d'épicerie dans les mains. Il avait commencé à préparer le souper. J'étais au salon, assis devant la télévision. Il m'avait salué au passage, comme si de rien n'était, même si cela faisait plus d'un mois qu'on ne s'était pas vus. Je l'avais rejoint à la cuisine et je lui avais demandé ce qu'il faisait ici. «Ça se voit pas? Le souper! J'nous prépare quelque chose de bon, tu vas voir!» m'avait-il répondu, encore une fois comme si de rien n'était.

Il fredonnait un standard de jazz, *Autumn Leaves* je crois, mais en version bossanova. Mon père claquait des doigts et dansait, léger comme l'air, virevoltant au passage pour attraper ici le couteau, là la planche à découper. Il avait ouvert une bouteille de vin et n'avait même pas pris la peine de se verser un verre. Mon père buvait au goulot, inspirait de l'air à chacune de ses gorgées, la bouche en cul-de-poule. Il retroussait sa lèvre supérieure pour humer le vin à travers les poils de sa moustache trempée et s'extasiait à chaque reniflement : « Ah ! », « Crisse que c'est bon ! », « C'est du sang ! », « C't'un vin d'étable, ça, du sang d'étalon ! » J'avais pensé un moment que mes parents s'étaient réconciliés, mais juste à voir le visage de ma mère quand elle était rentrée et qu'elle avait aperçu mon père, j'avais compris que ce n'était pas le cas. J'avais donc laissé mes parents dans la cuisine et j'étais descendu au sous-sol pratiquer mes gammes à la guitare.

Je n'étais pas très assidu et d'habitude je me lassais assez vite des exercices que je devais faire. Ça ne prenait jamais beaucoup de temps avant que je passe à mes compositions ou à celles des autres. Les Sex Pistols, les Talking Heads, Joy Division, The Clash ; je venais de monter un groupe de punk avec des amis, on allait bientôt donner notre premier concert qui se révèlerait être un gâchis total. On s'était tellement soûlés avant de monter sur scène (un peu pour dissiper la gêne, mais surtout pour rendre hommage aux mythes de certaines de nos idoles) qu'en plein milieu du set, sans arrêter de jouer, mon batteur s'était pissé dessus. Il n'avait pas réussi à se retenir plus longtemps, et son visage s'était lentement décrispé au fur et à mesure qu'il s'était soulagé. On avait terminé le spectacle ainsi, le bassiste et moi titubant d'un côté puis de l'autre de la scène, lui le fond de culotte souillé, continuant de taper frénétiquement sur sa batterie qui trônait sur le tapis imbibé d'urine. Et, malgré tout, on n'apprendrait pas de nos erreurs par la suite, on connaîtrait pire en termes de débandade scénique.

Dès que j'arrêtais de jouer, j'entendais les invectives de mes parents juste au-dessus de ma tête ; leur discussion s'envenimait. Ma mère posait à mon père les mêmes questions que je lui avais posées un peu plus tôt, lui s'acharnait à faire dévier la conversation sur autre chose. Je n'étais pas troublé par leur chamaillage, ce n'était pas le premier et j'avais fini par m'y habituer. Mes doigts butaient sur les gammes que je montais et descendais. Je m'impatientais, je pestais contre mon instrument pourtant pas du tout responsable de ma gaucherie et j'allais même jusqu'à me mordre les mains chaque fois que je me trompais. J'étais en général trop intransigeant avec moi-même, violent même ; plus jeune, je m'étais déjà fracassé un Gameboy sur le front après avoir perdu une partie, tombé dans un trou ou abattu par un ennemi.

Fidèle à mes habitudes, je m'étais rapidement lassé de pratiquer. J'avais monté le volume de mon amplificateur et fait crachoter ses lampes avec une suite d'accords de blues gras, plaqués lourdement. Mon père ne s'était pas fait prier pour taper du pied et me faire comprendre que je devais baisser le son. J'avais attendu avant de lui obéir et peu de temps après, ma mère m'avait enfin appelé ; le souper était prêt. J'étais monté et je les avais trouvés attablés, silencieux. Mon père m'avait invité à les rejoindre d'un signe de la main. Je m'en souviens, son geste m'avait semblé outrageusement cérémonieux. Je m'attendais à ce qu'ils m'annoncent quelque chose d'une importance majeure, le décès d'un proche, une maladie incurable, mais il ne s'agissait pas de ça. Après un long et pénible moment, mon père nous avait pris chacun par la main et avait baissé les yeux sur son assiette. J'essayais de voir si ma mère trouvait elle aussi son attitude dérangeante, mais elle évitait mon regard.

— Qu'est-ce qui se passe, p'pa ?

Mon père m'avait aussitôt rabroué.

— Tais-toi.

La bonne humeur pétillante qu'il avait affichée un peu plus tôt s'était transformée en une agressivité sourde et austère. Je n'avais pas osé réitérer. Pourquoi ma mère ne disait-elle rien? Plus on s'enfonçait dans le silence de cette étrange agape à laquelle mon père nous avait conviés, plus je m'apercevais qu'en réalité, ma mère avait peur. Derrière les signes de fatigue qui marquaient d'ordinaire son visage, on voyait affleurer les tressaillements d'une grande frousse qu'elle avait du mal à brider. J'avais commencé à mon tour à être effrayé par la tournure que pouvait prendre ce souper qui risquait de finir en déconvenue; il ne s'écoulerait plus que quelques secondes avant que mon père attrape le couteau à steak sur lequel son regard s'était fixé. Il allait nous égorger, ma mère et moi, il allait procéder à un rite sacrificiel. Et qui sait, peut-être même qu'il allait nous manger. Par quel morceau commencerait-il? Le flanc, la fesse, le cœur, le foie? On ferait la une des journaux, on serait les malheureuses victimes d'une tragédie familiale, d'un drame anthropophage.

Mon père s'était redressé et à tour de rôle, il nous avait regardés droit dans les yeux. Il avait souri, puis avait prononcé d'une voix sonore cette phrase qu'il avait larguée au beau milieu de la table comme une sentence archaïque sculptée dans un bloc de pierre.

— On est une famille.

Cela ne semblait être ni un ordre, ni un mot doux, ni un élan de tendresse. Mon père avait ensuite piqué une pomme de terre avec sa fourchette et l'avait engloutie tout entière. Il mastiquait bruyamment, bouche ouverte, comme un porc; sa mâchoire broyait la patate et la purée qu'il avait maintenant entre les dents et sur la langue me donnait mal au cœur. Ma mère s'était mise elle aussi à grignoter timidement; je voyais bien que, comme moi, elle n'avait aucun appétit. J'avais suivi son exemple.

Sans prendre le temps d'avaler sa nourriture, mon père nous parlait des cours qu'il préparait pour le semestre d'automne et des travaux qu'il allait exiger de ses élèves. On l'écoutait, feignant l'enthousiasme, conscients qu'on n'avait pas vraiment le choix, comme on l'aurait fait pour le discours d'un empereur ou d'un dictateur. Le repas s'était terminé dans cette atmosphère artificielle. Après un temps, l'air était devenu plus respirable, sans pour autant que la conversation entre nous soit redevenue naturelle. Une fois la vaisselle faite, j'avais lâchement fui la maison et abandonné mes parents à eux-mêmes. J'étais parti rejoindre des amis et j'étais rentré tard, soûl, après m'être enfilé bière sur bière toute la soirée.

J'avais pris l'habitude la nuit d'entrer par la porte arrière qui donnait sur la cuisine. Pour ne pas réveiller ma mère, mais surtout pour ne pas me faire pincer passé le couvre-feu. Une fois à l'intérieur, j'avais traversé la salle à manger sur la pointe des pieds comme je le faisais toujours pour me rendre au salon, mais cette fois-ci j'avais trouvé mon père étendu sur le divan, ce à quoi je ne m'attendais pas. Il était couché sur le dos, enroulé dans une couverte, semblable à une momie dans son sarcophage. Je m'étais arrêté sur le seuil de la pièce et je m'étais caché dans l'angle du cadre de la porte, aux aguets comme un lionceau tapi dans les hautes herbes. Plutôt comme une antilope en alerte, en fait.

Mon père ne m'avait pas entendu entrer. J'essayais de retenir mes mouvements pour ne pas le réveiller, mais j'étais soûl et j'avais du mal à me tenir sur mes deux jambes. Je l'avais observé durant quelques minutes, me demandant ce qu'il faisait encore ici et pourquoi ma mère lui avait permis de dormir à la maison. Je n'avais pas eu le temps d'y réfléchir longuement; un bruit spasmodique, une sorte de toux plaintive avait retenti, puis une autre, et ensuite un flot ininterrompu de quintes. Des geignements pareils à ceux d'un malade fiévreux. Quelques mètres me séparaient de l'escalier et de ma chambre, mais je devais quand même traverser tout le salon pour m'y rendre.

J'avais commencé à raser le mur à pas de loup, je me tenais le plus loin possible de mon père qui émettait toujours ces sons bizarres à l'autre bout de la pièce et qui heureusement ne m'avait pas vu. J'avais l'impression de longer le bord d'un précipice, cela était à mon avis aussi périlleux. J'aurais pu aller m'asseoir à ses côtés, le rassurer ou agir comme les circonstances l'indiquaient, mais je n'en avais pas envie. L'indisposition de mon père était, j'en étais sûr, de nature toxique, venimeuse. Si je m'en approchais, cela m'empoisonnerait ; un scorpion caché dans ses mains me piquerait la cuisse. Lentement mais sûrement, j'étais parvenu jusqu'aux escaliers. Lorsque j'étais arrivé à mi-chemin dans les marches, mon père s'était arrêté de gémir. Je m'étais aussitôt figé, le cœur en chamade.

— J'sais que t'es là.

Il n'y avait plus aucune trace de malaise dans sa voix. Que de l'orage et du roc, quelque chose d'immense et de solennel.

— Viens ici.

J'avais eu le réflexe de me recroqueviller dans les marches et de me faire tout petit derrière les barreaux de la rampe.

— J'te vois, fils.

Mon père était toujours couché sur le dos, le visage tourné vers le plafond. Il ne remuait pas un muscle et sa voix se répercutait dans la pièce. Comme une fumée dense dont on ne connaît pas la source – d'ailleurs, j'avais l'impression d'en percevoir l'odeur –, sa voix s'insinuait partout et nulle part en même temps, mais sans provenir de ce corps raide allongé sur le divan. J'étais en train d'halluciner, cela ne faisait plus aucun doute, j'étais en proie à mon premier épisode psychotique. La schizophrénie, maladie qui m'avait toujours terrifié et à laquelle je ne pouvais m'empêcher de penser chaque fois que je fumais de la drogue, avait fini par avoir raison de mon esprit. Un instant j'avais même cru qu'il n'avait pas parlé, encore moins gémi, mais mon père s'était exclamé de nouveau.

— Ta mère, pis toi aussi, vous êtes mous, vous êtes malléables, la vie vous passe dessus comme un rouleau compresseur pis y reste rien qu'une galette, ça vous arrache même pas un cri...

Je n'avais pas pu m'empêcher de lui répliquer dans un murmure. Je ne savais pas si mon père m'avait entendu.

— Fuck you.

Il avait attendu avant de s'y remettre.

— Vous êtes lâches, vous êtes des déserteurs...

— ...

— La vie, c'est au front qu'elle se manifeste, pas en arrière...

Je sentais la rage monter, j'allais m'éclater une molaire si je continuais à serrer ainsi la mâchoire.

— Ta mère, elle comprendra jamais ça.

— Fuck you.

Cette fois-ci c'était sorti plus fort, avec plus de conviction. Mon père s'était levé et s'était avancé vers moi, toujours enroulé dans une couverture. Je m'étais levé moi aussi. D'où j'étais je le surplombais, mais je le voyais tout de même en contre-plongée. Son visage était devenu livide dans la noirceur, comme si un voile s'était soulevé au fur et mesure qu'il se rapprochait. Mon père avait l'air d'un chien prêt à mordre, babines retroussées, crocs mouillés. Il avait jappé, « BOUH ! », une onomatopée qui avait explosé comme un coup de fusil à pompe. J'avais réussi de peine et de misère à retenir un cri et d'un bond, j'avais monté les dernières marches quatre à quatre pour courir m'enfermer dans ma chambre en barrant la porte derrière moi.

Couché dans mon lit, je m'imaginais redescendre dans le salon et filer une claque à mon père qui lui dévisserait la tête, laquelle tomberait par terre comme un vulgaire bouchon de bière que je ramasserais et que je broierais ensuite entre mes dents, mais je savais que je n'aurais jamais le courage de faire une telle chose. Mon père m'avait tendu un piège ; il n'avait jamais été indisposé, pas une seule seconde. Il avait préparé un plan machiavélique, il m'avait attendu et avait feint d'être mal en point pour voir ma réaction, pour juger de ma loyauté et de ma compassion. Ou alors était-il vraiment en peine ? Étaient-ce les bruits d'une véritable détresse que j'avais entendus et traités avec indifférence ? J'avais lamentablement échoué à son épreuve. Peut-être que je l'avais effectivement laissé tomber. Que ma mère et moi on l'avait laissé tomber. Qu'on avait regardé notre famille s'effondrer sans réagir plutôt que d'en étayer la charpente pendant qu'il était encore temps. Je m'étais endormi, de la haine en gargouillis plein l'estomac.

Le lendemain, j'avais fait la grasse matinée et je m'étais réveillé largement passé l'heure du midi, le cœur à l'envers. Évidemment, mon père n'était plus là, je ne savais pas s'il était parti avant que ma mère se lève. Elle était assise sur le divan du salon, une main crispée sur la couverture dans laquelle mon père avait dormi, l'autre tenant un livre. Sans lever les yeux de la phrase qu'elle parcourait :

— Ton père va pas bien.

— Pis toi, maman ? Tu fais comme d'habitude ? Comme si de rien n'était ?

— Y va pas bien, moi ça va.

— Y me fait peur…

— Y accepte pas que le temps passe pis que les choses changent… que notre temps a déjà passé… que ça avait peut-être déjà passé avant même d'avoir commencé…

— Qu'est-ce ça veut dire, ça ?

— Le temps, c'est comme le vent… ça balaie les feuilles mortes avant la neige.

*

La serveuse a certainement eu la frousse de sa vie. Affolée, elle s'est rhabillée sous les draps chiffonnés en essayant tant bien que mal de couvrir son corps, puis elle s'est sauvée en vitesse en nous traitant tous les deux de malades. Pendant ce temps, mon père s'était tranquillement tourné vers moi, comme s'il s'attendait à une telle réaction de ma part. Je suis entré dans la chambre et j'ai refermé la porte derrière moi. Debout devant lui, j'ai essayé de canaliser le flot de pensées confuses qui me venaient à l'esprit. Mon père était maintenant sous l'édredon et ne semblait pas outre mesure dérangé par le vent qu'on entendait souffler dehors et le froid qui s'immisçait dans la pièce par la fenêtre brisée. J'ai tiré les rideaux, on s'est obstinés pendant un bon moment, un dialogue de sourds.

— Tu t'es jamais dit que j'pouvais revenir n'importe quand ?

— J'y ai pas pensé…

— C'tait vraiment nécessaire, tu pouvais pas te retenir ?

— J'suis ton père, parle-moi pas sur ce ton-là.

— J'le sais, ça…

— T'as pas de leçon à me faire, c'est moi qui t'ai fait.

— Câlisse, tu vis sur quelle planète ?

— Sur Jupiter… Arrête, là… Attends-moi dehors.

J'ai fait comme il me demandait, mon père est sorti à son tour peu de temps après.

— On va aller voir le gars de l'accueil, on va lui dire que la chambre était comme ça quand on est revenus du bar pis qu'on n'a rien vu. OK ?

— …

— OK?

On s'est dirigés vers l'accueil, mais la porte était fermée à clé. On a dû sonner plusieurs fois avant que le propriétaire nous réponde.

Il ne semblait pas convaincu de notre histoire et nous toisait avec méfiance en sacrant sans arrêt. Par chance, son établissement n'était pas équipé de caméras. On l'a accompagné jusqu'à notre chambre. Il avait pris la peine de chausser ses grosses bottes Sorel, bien qu'il n'était vêtu que de sa robe de chambre et d'un jogging trop grand. Il ne devait pas être habitué à se faire déranger si tard dans la nuit. On l'a aidé à placarder la fenêtre brisée avec des boîtes de carton qu'il est allé chercher dans l'arrière-boutique. Cela fait, il nous a attribué une autre chambre dans laquelle on a transféré nos bagages, puis il a appelé la police.

Les deux agents de la Sûreté du Québec – de bonne taille et de bonne mine malgré leurs visages ravinés par la fatigue – ont fait leur devoir. Ils nous ont posé les mêmes questions que le propriétaire du motel. On leur a fourni les mêmes réponses. Le propriétaire se tenait derrière eux, les bras croisés, ridicule dans son accoutrement. Il espérait sûrement qu'on se trompe dans notre version pour pouvoir nous dénoncer en nous accusant tous les deux de son index sentencieux. Mais mon père et moi, on s'en est tenus à l'histoire du vandale. Ça a pris un temps fou avant que les policiers remplissent leur rapport et qu'on puisse finalement se coucher. Malgré l'heure tardive et l'ivresse qui avait fini par se dissiper, je ne suis jamais parvenu à trouver le sommeil.

Mon père, lui, s'est mis à ronfler aussitôt sous les couvertures. Je me suis levé et me suis approché de son lit. Il avait l'air si paisible, si vulnérable couché là sur le côté en position fœtale, les draps en boule entre ses jambes repliées… Comment pouvait-il l'être? J'étais tout près de mon père et partais par à-coups dans une rêverie, hypnotisé par le cliquetis des plinthes électriques qui s'étaient mises à chauffer. Je tenais mon oreiller contre ma poitrine. Quand je me suis aperçu à quel point je le serrais fortement contre moi, j'ai senti un remords me mordiller le cœur. L'instant d'une pensée-blitzkrieg, je me suis vu étouffer mon père avec mon oreiller. Rien de tel ne m'avait jamais traversé l'esprit. Pourtant je me sentais coupable d'un crime que je n'allais pas commettre, que je n'avais jamais pensé commettre.

Puis le courant puissant de mon imagination m'a emporté avec lui. Je me suis demandé s'il allait se débattre, s'il allait avoir le dessus. À quoi ressembleraient ses cris? Quelles couleurs auraient les notes que soutiendraient ses hurlements? J'ai entendu un do dièse mineur exploser quelque part, un quart de ton à côté. Quels accords pouvait-on plaquer au piano pour accompagner la mélodie d'une mort violente?

J'ai reculé jusqu'à mon lit et m'y suis assis en tailleur, face à mon père. J'ai retenu une envie d'appeler Charlie, d'entendre sa voix au travers des ondes, d'y déceler son corps et sa présence. Évidemment, je ne l'ai pas fait; il était trop tard, elle se levait tôt pour aller travailler, je ne voulais pas l'importuner. Pour lui dire quoi, de toute façon? Que ma mère me manquait, que mon père m'échappait? Que j'étais complètement perdu, que cette désorientation m'anéantirait, que j'avais la profonde conviction que je ne retrouverais jamais mon chemin? Ces êtres qui m'avaient mis au monde, ces défricheurs m'avaient laissé seul en plein cœur des fardoches et des souches, j'allais devenir un enfant des maïs, j'allais mal virer, j'en étais certain. J'ai passé le peu de nuit qu'il restait à réfléchir à tout ça et à regarder mon père dormir, serrant mon oreiller contre moi, jusqu'à ce que ses yeux s'ouvrent en même temps que le soleil et qu'ils se fixent sur moi, revenus de loin, dépaysants comme l'Asie.

*

Le lendemain, on a repris la route très tôt sans prendre le temps de déjeuner. On avait tous les deux balayé la veille sous le tapis, il n'y avait rien à ajouter de toute façon. Mon père semblait furieux, sa colère transpirait au travers de ses vêtements, son odeur âcre me donnait envie de vomir, mais c'était peut-être le whisky qui m'empâtait toujours la bouche. J'essayais de me faire oublier, je ne voulais pas le fâcher davantage même si en fait, c'était plutôt à moi d'être en colère contre lui. Je ne savais pas qu'il était en fait question de ma mère, de ma mère dont mon père ne s'était jamais affranchi et dont il devait maintenant, en plus, faire le deuil.

Sa mort le dévorait à l'intérieur et provoquait des sensations électriques que mon père peinait de plus en plus à contenir au fur et à mesure qu'on se rapprochait du corps gris et sans vie de ma mère. Toute cette douleur qui remontait à si loin, il me la faisait porter comme un collier de chaînes chauffé à blanc. Elle déteignait sur moi, dans un déploiement de couleurs fauves et furieuses qu'il n'arrivait pas à dissocier les unes des autres. Mon père m'en voulait de lui avoir infligé ce périple, de chercher à donner un sens à quelque chose qui n'en aurait jamais, d'essayer d'élucider les raisons d'une rupture qui était désormais définitive et contre laquelle il s'était battu corps et âme toute sa vie. Mais tout ça, je ne l'ai su que plus tard, quand on a réussi à être véritablement ensemble, mon père et moi.

Jusqu'à Baie-Comeau, mon père a gardé les mains crispées sur le volant sans dire un mot et sans quitter la route du regard. Il conduisait vite, fonçait droit devant, sans se soucier de respecter les limites de vitesse. Heureusement, il n'y avait personne sur les routes. Que nous, les vastes étendues blanches de part et d'autre, les arbres efflanqués et quelques maisons tristes qui disparaissaient aussitôt aperçues, à droite et à gauche. Tout était d'un gris uniforme, une neige mouillée tombait. Je me concentrais sur le va-et-vient des essuie-glaces tout en observant de temps à autre mon père à la dérobée ; cet homme que j'aimais autant que je le haïssais me semblait avoir des pierres précieuses à la place du cœur. J'avais peur d'être comme lui, de devenir comme lui. Avec ses rides et son visage en vieux cuir tanné, ses tourments et sa façon de vivre dans la violence. Au fond je lui ressemblais, et bien plus que je ne le pensais. La différence, c'est que je prenais les vagues de dos, alors que mon père les prenait de front, le torse en forme de bouclier et les pieds bien calés. Cela allait changer plus vite que je ne le pensais.

Alors qu'on arrivait à destination, la mâchoire de mon père ne s'était toujours pas desserrée, probablement aussi rigide que celle du cadavre de ma mère. On s'est immédiatement rendus au salon funéraire ; il n'y avait plus un seul endroit où s'arrêter pour retarder encore un peu notre rencontre avec ma mère. Elle avait été entreposée là-bas en attendant la suite des procédures. L'entreprise de pompes funèbres avait récupéré le corps et l'avait sommairement nettoyé et vidangé, comme nous l'avait précisé le thanatologue. Il s'appelait monsieur Miller, et dès notre arrivée il nous a offert ses condoléances, avec une mine d'un sérieux déconcertant. Il s'est présenté en nous tendant une petite main rugueuse et sèche, d'un rose cochon de lait, et dont la froideur m'a surpris et un peu dégoûté. J'ai pensé au croquemort dans les albums de Lucky Luke, monsieur Miller avait le même nez tombant ;

son visage triangulaire s'allongeait vers le bas, comme moulé dans un entonnoir.

Après le lavement du corps, les thanatologues n'avaient pas cru bon de changer les vêtements de ma mère, qu'ils jugeaient présentables. Ils devaient parfois s'y contraindre, moyennant des frais supplémentaires, lorsque cela posait problème (vêtements déchirés, souillés, ou pas de vêtements du tout, ça arrivait souvent). Monsieur Miller nous avait amenés dans son bureau, nous avait invités à nous asseoir et s'était entretenu longuement avec nous sur tous les aspects de la cérémonie et de la crémation. On gardait le silence, monsieur Miller était un habitué, il était professionnel, cela se voyait; il répondait d'avance à toutes les questions qui auraient pu nous venir en tête. Par politesse, il a tout de même pris la peine de nous consulter.

— Avez-vous des questions?

De concert, on a répondu par la négative.

— Nous devons d'abord placer la défunte dans un cercueil pour procéder à la crémation. Il y a plusieurs options qui s'offrent à vous, nous pouvons les passer en revue… si vous êtes prêts.

Mon père était impatient, il trépignait de la jambe, les vibrations se propageaient à travers le plancher.

— Qu'est-ce tu préfères, p'pa?

Je n'osais pas me prononcer.

— Le plus simple possible.

Il s'est adressé à monsieur Miller, sa voix était coupante.

— Tout va brûler de toute façon, non?

Le plus simple, comme nous l'expliquait monsieur Miller, sans préjuger de notre réaction, consistait à placer le corps de ma mère dans une boîte de carton. C'était l'option la moins dispendieuse. J'étais horrifié à l'idée qu'on puisse lui infliger un tel traitement. Je trouvais cela irrespectueux et dégradant. Je me représentais ma mère en train de cramer, enveloppée dans ses cartons d'épicerie comme un sans-abri surpris par un incendie dans un immeuble désaffecté. Mais en réalité, mon père avait raison. Au final, il ne resterait que des cendres, elle n'était plus là de toute façon. Mon père ne semblait pas outré par l'alternative cartonnée et, un peu à contrecœur, j'ai abondé dans son sens. Ce n'est pas ma mère qui s'en plaindrait; si elle avait pu disparaître sans laisser de corps derrière elle, si en quittant ce monde elle avait pu dans le même soupir se réapproprier tout ce que son être avait laissé dans la mémoire d'autrui, en effacer toute trace, jusqu'au plus infime souvenir, jusqu'à son odeur la plus évanescente et fanée, elle l'aurait fait. Cela dit, je pouvais bien me perdre en conjectures, au fond je ne savais rien des intentions et des sentiments de ma mère. Elle avait bien tâché de nous empêcher de la percer à jour.

— Pour l'urne nous avons toute une sélection à vous propo…

— Mettez le sac de cendres dans un pot Mason, ou dans n'importe quel contenant. Pour l'instant ça va suffire.

Sans m'en rendre compte, je venais d'interrompre monsieur Miller, mais il ne m'en a pas tenu rigueur. J'ai repensé à la dame de Québec et aux restes de son mari alcoolique posés sur sa table de chevet. La transparence du verre était une lucarne sur la mort, il fallait voir pour ne pas oublier. Les urnes en bois ou en cuivre dissimulaient la vérité. Elles finissaient immanquablement par se fondre – elles et tout ce qu'elles abritaient de cendres et de souvenirs – dans le décor familier de notre quotidien. Comme une lampe qu'on n'allume jamais ou une poupée russe posée sur la tablette du foyer.

— Certaines familles insistent pour assister à la crémation. Personnellement, je vous le déconseille.

Dans l'incinérateur, les corps peuvent parfois avoir des réactions... surprenantes... qui sont extrêmement désagréables pour les familles... D'expérience, je vous le déconseille, mais c'est libre à vous.

— Quelles sortes de réactions ? Qu'est-ce que vous voulez dire ?

Mon père n'avait pas pu se retenir.

— Eh bien... Par exemple, les muscles peuvent se crisper sous l'effet de la chaleur, ce qui provoque des mouvements brusques... des redressements... Je vous épargne les détails. Disons que parfois la nature ne nous ménage pas.

J'étais fatigué, j'avais du mal à me concentrer, les rayures sur le veston noir de monsieur Miller me donnaient mal aux yeux. Dès qu'il terminait une phrase, il dodelinait de la tête, de haut en bas, comme s'il approuvait ce qu'il venait de dire. Puis il s'humectait les lèvres et sapait un ou deux coups avant de se lancer de nouveau, ce qui émettait un chuintement collant. Parfois, un petit filet de salive oublié là s'étirait entre ses lèvres quand il ouvrait la bouche. Je me suis tourné vers mon père ; perdu dans ses pensées, il regardait dehors par la fenêtre à laquelle monsieur Miller faisait dos.

— Désirez-vous voir le corps ?

— Oui... on peut y aller...

Je me suis levé en même temps que monsieur Miller, mon père est resté assis. Je l'ai regardé, j'ai cru un instant qu'il allait se désister, mais il s'est levé à son tour et nous a suivis.

On s'est retrouvés tous les trois dans une minuscule pièce qui ressemblait à un cubicule : un tapis, des néons au plafond, quatre murs blancs. Le mur qui faisait face à la porte par laquelle on était entré était surmonté d'un rideau rouge derrière lequel il y avait une vitre. Celle-ci donnait sur la morgue. Les familles devaient d'abord attendre qu'on sorte le corps de son tiroir réfrigéré, recouvert d'un drap, et qu'on le dépose sur une table en acier inoxydable. Certains n'osaient pas entrer dans la pièce et préféraient voir la dépouille de loin, à distance, se sentant en quelque sorte protégés par la vitre et le silence de l'antichambre. Mais protégés de quoi, au juste ? La plupart voulaient au contraire s'en approcher, toucher le cadavre ; il n'y avait rien comme la froideur et la rigidité d'un corps pour comprendre, pour encaisser. Monsieur Miller attendait patiemment qu'on se décide, mon père et moi. Il se tenait en retrait, les mains derrière le dos, la tête penchée, ce qui accentuait la forme de flèche de son visage. J'ai voulu prendre la main de mon père dans la mienne, mais comme j'allais le faire, il a glissé la sienne dans la poche de son manteau. Je ne sais pas s'il a vu mon geste. Mon père ne me regardait pas. En fait, il ne m'avait pas regardé depuis qu'on avait quitté Tadoussac.

J'ai fini par entrer dans la morgue, précédé de monsieur Miller. Ma mère était là où elle devait être, recouverte d'un drap blanc, étendue sur la table de métal qui me semblait toute petite au beau milieu de la pièce. Je me souviens que le robinet de l'un des éviers n'était pas étanche. Les gouttes d'eau qui s'en échappaient percutaient le fond de la grande cuve en inox avec la lente régularité d'un métronome dont on aurait réglé les battements. Leur tintement était plus grave qu'il n'aurait dû l'être. J'avais l'impression qu'un ingénieur du son invisible avait trafiqué mon environnement sonore, qu'il avait baissé la hauteur naturelle de son acoustique. Tout allait au ralenti. Je me suis approché de ma mère et je me suis senti seul, seul avec sa dépouille, seul au monde. Je n'arrive pas à me rappeler si mon père s'est tenu à mes côtés tout le temps qu'on est restés dans la morgue. Peut-être même qu'il n'est jamais entré dans la pièce. Était-il là lui aussi? A-t-il vu? Je ne sais pas. C'est le son du silence qui prend toute la place dans ma mémoire.

J'ai soulevé le drap d'un coup. Puis j'ai fermé les yeux, et j'ai voulu me les arracher. J'ai eu toute la misère du monde à retenir un rire nerveux qui encore aujourd'hui suffit à me faire pleurer de honte. Elle était belle, elle avait l'air calme, je ne savais pas à quoi m'attendre, mais certainement pas à la trouver comme ça. Les lèvres de ma mère avaient été cousues, comme si on avait voulu y claquemurer quelque chose qui n'y était plus. On avait transformé son cadavre en cellule de confinement. J'ai pensé à son cerveau, qu'on avait dû lui retirer par les narines. Est-ce que son âme y était toujours lorsque cela s'était produit? En avait-elle senti l'odeur? Le corps de ma mère avait l'allure ornementale et énigmatique d'un sarcophage égyptien. Je me rendais compte avec force à quel point nos corps n'étaient au final que des contenants éphémères.

J'ai pris mon visage à deux mains pour en ressentir la chaleur rassurante, car brusquement je ne me sentais plus de ce monde. Je me souviens d'avoir vécu la non-présence (pourtant matérielle) de ma mère comme un naufrage. J'ai entendu le grondement des vagues et les craquements d'une embarcation en péril, il y avait des trombes d'eau partout, et j'ai eu le sentiment que cela allait réveiller ma mère, qu'elle allait ouvrir les yeux. Et si elle était prisonnière quelque part? Je me suis penché comme on tombe et je l'ai embrassée sur le front. Lorsque mes lèvres ont touché sa peau sèche et gelée, les larmes me sont montées aux yeux, et j'ai laissé échapper une plainte qui a résonné dans la pièce. Je n'ai plus rien senti, plus rien vu d'autre derrière le rideau de chagrin. Que ses cheveux gris, aussi gris qu'elle, qui s'étalaient en cascade comme des petits ruisseaux de pierre autour de sa tête, sur la table.

J'étais convaincu depuis le début qu'en retrouvant le corps de ma mère, on atteindrait enfin la circularité, la finalité. Que les deux extrémités de notre aventure, son commencement et sa fin, se rejoindraient. Mais ces retrouvailles avaient agi comme un ciseau qui avait coupé une corde en son milieu. Je suis sorti de la morgue avec une sensation à la fois lourde et flottante de quelque chose d'inachevé. Mon père marchait devant moi, les mains dans les poches de son manteau, je savais qu'il serrait les poings. On a suivi monsieur Miller jusqu'à la chambre mortuaire. Deux rangées de chaises séparées par une allée donnaient sur une petite estrade au fond de la pièce, où il y avait un lutrin. Et le convoyeur. Deux hommes sont venus y déposer le cercueil en carton dans lequel il y avait le corps de ma mère. Mon père ne m'avait pas suivi jusque-là, il s'était assis sur une chaise, dans la rangée du fond. Il avait les mains jointes à la hauteur de sa bouche et se mordillait les ongles. Il n'arrêtait pas de bouger, de croiser et de décroiser les jambes, j'avais l'impression qu'il allait bondir et s'enfuir à tout moment.

Monsieur Miller m'a dit doucement à l'oreille, il était si proche que je pouvais sentir son haleine de café et de chewing-gum à la menthe, qu'était venu le moment de l'éloge funèbre. Je n'avais rien préparé, pas même un petit mot. Je n'avais rien prévu. Comme s'il avait compris, monsieur Miller m'a indiqué que je pouvais faire jouer de la musique, si je le désirais. J'étais confus, je ne savais plus où me mettre. Mon père était toujours là à gigoter sur sa chaise et à m'ignorer, j'avais envie de lui crier de faire quelque chose, de m'aider, de me sauver de la mort et de ma mère, de me prendre dans ses bras. Je me suis avancé vers le lutrin, mais les mots ne me sont jamais venus. Il n'y en avait aucun qui vaille. Toutes les paroles qui se formaient dans ma tête avaient la résonance futile et muette du temps qui fait mal les choses. Il ne me restait que les larmes. J'ai longuement regardé mon père, lui commandant mentalement de lever la tête. Quand il m'a finalement regardé, son regard était vide, presque méprisant. Il me trouvait pitoyable, j'en étais persuadé.

J'ai fouillé dans mes poches à la recherche de mon lecteur mp3, j'ai choisi une chanson et j'ai ensuite tendu l'appareil à monsieur Miller qui s'est dirigé vers la chaîne stéréo. *Peace Piece* de Bill Evans a rempli la pièce. Je suis allé me réfugier à côté de mon père et j'ai laissé le piano parler à ma place, je l'ai laissé pleurer à ma place. J'ai eu envie de monter le volume, de faire exploser les haut-parleurs. Les notes basses comme des pieds qui avancent d'un pas traînant. Les hautes de la main droite comme autant de têtes qui se penchent sur l'inévitabilité et sur l'insignifiance de notre sort. Voilà ce qu'il restait de nous trois.

On était assis en silence, mon père et moi. Il avait finalement arrêté de bouger. Tout venait de basculer. Je nous ai vus tous les trois enlacés, tournant en rond, bercés par la musique, alors que le convoyeur se mettait en marche derrière nous et que le four crématoire dévorait tranquillement ma mère.

VII.

Son réservoir étant presque vide, ma mère s'est arrêtée pour faire le plein dans une station-service de Baie-Comeau, sachant qu'elle n'en croiserait plus. Elle a ensuite emprunté la 389 Nord, décidée à se rendre le plus loin possible dans les hauteurs de la Côte-Nord. Elle n'avait pas réussi à dormir et après une heure mouvementée passée à se tortiller dans le lit de sa chambre de motel, elle avait repris la route. Tout ce temps le souvenir de Kalo Frimm n'avait cessé de la tourmenter. Elle avait ouvert les valves de sa mémoire et son ancien amant s'en était échappé comme un gaz sous pression. Il virevoltait maintenant autour de sa tête, il lui passait en un coup de vent à travers le corps pour ensuite danser sans relâche devant ses yeux. Ce fantôme turbulent l'avait d'abord accablée, mais elle s'était rapidement habituée malgré elle à cette présence volatile. Elle savait désormais que d'une manière ou d'une autre, elle irait bientôt le rejoindre. Cette pensée dans laquelle elle s'était investie aveuglément lui donnait le courage nécessaire pour mener à terme son dessein.

Le soleil couchant faisait étinceler la neige et suer les sapins, les épinettes et les bouleaux blancs qui s'étendaient à perte de vue dans les alentours vallonnés. La virginité du paysage boréal dans lequel elle s'aventurait apaisait ses états d'âme. Hormis le tracé de la route sur laquelle elle filait tel un caillot remontant une artère, l'absence de toute trace humaine lui donnait l'impression de se diriger droit au cœur du monde. Elle conduisait si vite que les arbres, les bourrasques tourbillonnantes et la rocaille se déployaient en kaléidoscope tout autour d'elle. La nature avait conquis cet espace bien avant l'homme et le dominerait bien après sa disparition. Après la sienne surtout, sans qu'elle n'ose le penser directement, bien que cela la réconfortait.

Ma mère a essayé de syntoniser un poste, mais là où elle était rendue, il n'y avait plus de signal. Elle a monté le volume de la radio, ouvert les fenêtres et laissé l'air fouetter l'intérieur de sa voiture. Les tambourinements du vent épousaient les pulsations émises par le grésillement des haut-parleurs, elle en arrivait presque à entendre une mélodie dans ce brouillon de sons. Elle dandinait de la tête et suivait la mesure en tapant d'une main sur sa cuisse. Les rafales s'engouffraient dans la voiture et ébouriffaient ses cheveux. Ma mère avait toujours détesté les genres musicaux conventionnels. Elle écoutait surtout des projets expérimentaux pour la plupart atonaux et arythmiques, musique dérangeante et chaotique pour la plupart des gens, mais qu'elle trouvait plus en phase avec le réel, contrairement à tout ce qui jouait sur les grandes ondes, produits aseptisés, bien intentionnés et trop beiges, selon elle.

Pour ma mère, la musique n'était que l'ordonnance plus ou moins fortuite des bruits. Tout était question d'agencement, comme sa vie après Kalo Frimm, celle qu'on avait partagée. Cette vie s'était agencée comme des sons que l'on fait correspondre pour donner du sens. Mais elle n'en avait trouvé aucun. Cette vie l'avait prise plus qu'elle ne l'avait choisie. Un jour, au milieu des années quatre-vingt, mon père était entré dans la librairie où elle avait déniché un emploi après son retour à Montréal. Je ne sais pas lequel des deux s'était d'abord intéressé à l'autre. Probablement mon père.

Il y était retourné, trouvant toujours un prétexte, un nouveau livre à acheter. Il entrait, saluait ma mère d'un bref coup de menton sans la regarder dans les yeux et faisait mine de chercher quelque chose en se promenant entre les rayons. Il venait ensuite s'accouder sur le comptoir-caisse, les traits de son visage dissimulés derrière sa barbe drue et ses cheveux qui à cette époque étaient longs.

Mon père posait toutes sortes de questions à ma mère, sans lui laisser le temps d'en poser une seule, comme chaque fois qu'il entrait en contact avec un être humain. Il n'était pas véritablement intéressé, c'était plutôt pour éviter qu'on ne lui renvoie la balle, pour éviter de se mouiller lui aussi. Ils avaient d'abord échangé des recommandations de lectures, puis ils étaient allés au cinéma à quelques reprises. Ma mère était fascinée par son érudition, il pouvait discourir pendant des heures sur le film qu'il venait de voir. Elle aimait le son de sa voix, la façon dont les mots roulaient sur sa langue. De fil en aiguille, leur relation s'était concrétisée, elle était tombée enceinte un an plus tard. J'étais passé au travers des comprimés contraceptifs de ma mère et du préservatif de mon père. Plus qu'une volonté commune d'enfanter, cela devait être un signe. J'étais venu au monde, comme tous ces autres petits êtres d'eau qui un jour sont expulsés dans la lumière. Ma mère, elle, s'apprêtait à l'éteindre, cette lumière.

Elle s'est mise à crier d'abord faiblement, puis de plus en plus fort et presque à tue-tête. Elle voulait s'entendre, sentir le son monter de son ventre et résonner, de sa cage thoracique jusqu'à sa nuque. Elle voulait vibrer, cela faisait trop longtemps. Elle essayait de se rappeler le poème que Kalo Frimm lui avait récité en guise d'adieu, sans y parvenir. Quels étaient donc ces mots qui lui avaient paru si essentiels ? Où avaient-ils échoué ? Comme elle n'arrivait pas à les dire, sa voix inarticulée déraillait et se mêlait à la cacophonie qui remplissait l'intérieur de la voiture. Une symphonie majestueuse dont elle était la chef d'orchestre. Elle entendait les coups d'archet sur les violoncelles comme les battements d'ailes d'un oiseau. Le cor français, la harpe, les timbales, le carillon tubulaire, chacun dans son espace, chacun suivant librement son élan sans se soucier de celui des autres. Le visage du Slovaque flottait devant ses yeux : sa bouche ouverte, disloquée, pareille à celle d'un poisson hors de l'eau, n'émettait aucun son. Il semblait aspirer la musique qu'elle s'efforçait d'imaginer pour faire taire ses pensées et peut-être aussi pour nous éliminer de cette dernière scène que je suis en train de lui écrire.

Ma mère a freiné brusquement et la voiture a dérapé sur la chaussée glissante. Elle tanguait dangereusement de droite à gauche jusqu'à ce que ma mère parvienne à reprendre le contrôle et l'immobilise. Elle a enclenché le levier de vitesse et fait lentement marche arrière. Elle avait croisé une petite route de terre à sa droite qui fendait la plaine sur une centaine de mètres jusqu'à la lisière de la forêt et a décidé de retourner à son embranchement. Calée dans son siège, elle essayait de reprendre ses esprits. On n'entendait plus que le clignotement des feux de détresse et sa respiration haletante. Dehors, les phares de la voiture s'allumaient par à-coups et donnaient peu à voir du paysage plongé dans l'obscurité.

En travers de la route de terre, il y avait un troupeau de caribous. Les cervidés sur le qui-vive l'observaient, prêts à s'enfuir, leur cou tendu et leur tête pointée vers elle. Je ne sais pas s'ils avaient attiré son attention ou si elle avait simplement pressenti qu'elle devait s'arrêter là, à cet endroit précis. Ma mère et les animaux sont restés longtemps face à face dans la lumière stroboscopique, ne sachant trop lequel des deux représentait la plus grande menace. Elle s'est extirpée de la voiture, ses deux pieds d'abord puis le reste de son corps, sans faire de bruit. Elle n'a pas refermé la portière, pour ne pas effrayer les caribous. Elle s'est mise à avancer, un pas après l'autre. Elle tentait de ne pas faire craquer la croûte de glace sous la neige folle dans laquelle ses bottes s'enfonçaient jusqu'aux chevilles.

Ma mère était rendue à seulement quelques mètres des cervidés qui n'avaient pas remué le moindre muscle pendant qu'elle s'approchait. Elle non plus ne bougeait pas. On aurait dit qu'un taxidermiste tenait une exposition au beau milieu de la route, pour personne et tout le monde en même temps. La lune s'était levée et baignait le paysage bleuté d'une lueur surnaturelle. Les yeux des caribous captaient parfois la lumière des astres et jaunissaient subrepticement dans un éclair trouble et laiteux. On ne savait pas s'ils allaient se ruer les uns vers les autres ou s'ils allaient, ma mère et les animaux, continuer chacun leur chemin.

Surprise par une vilaine quinte de toux, ma mère est tombée sur les genoux, presque au bout de son souffle. Des taches de sang noir et épais souillaient le sol d'un blanc immaculé. La composition 11 de Borduas, a pensé ma mère. Elle était à quatre pattes, comme les caribous, le visage presque enfoui dans la neige, à examiner le liquide qu'elle avait craché. Le poème lui était revenu, le poème parlait de mort, le poème de Kalo Frimm évoquait le dernier passage, un départ qui serait plutôt une arrivée. Elle s'en souvenait maintenant, même si les mots refusaient de se placer dans le bon ordre. Ses yeux sondaient le contour des taches opaques comme s'il s'agissait de trous dans lesquels se cachaient ces fameux mots qui lui échappaient. Un peu plus et elle y plongeait le doigt.

Quand elle a réussi à relever la tête, ma mère s'est aperçue que les caribous l'entouraient, à une dizaine de mètres de distance. Elle a fermé les yeux, la neige avait engourdi ses mains sans mitaines. Elle n'arrivait pas à les bouger. Son cri a percé le silence d'apesanteur qui l'enveloppait et s'est fait entendre en écho dans les arbres au loin, s'y cassant comme des vagues. Lorsqu'elle a ouvert les yeux, elle a vu les caribous bondir en chassé-croisé loin devant elle en direction de la forêt. Elle a marché le plus rapidement possible pour les rejoindre, mais quand elle est entrée dans les bois, ils avaient disparu.

Ma mère ne pouvait pas courir, elle était exténuée. Cette nuit et cette journée sans dormir lui avaient sifflé toutes ses forces. Elle s'est appuyée sur un arbre et pensait rebrousser chemin quand elle a entendu un long déchirement. La branche d'un pin avait cédé sous le poids d'un amas de neige et son effondrement avait soulevé un nuage de poudreuse qui miroitait de façon anarchique dans les airs. Quelque chose qu'elle n'a pas pu discerner est passé en flèche au travers, y laissant un vide qui s'est aussitôt refermé. Ma mère s'est précipitée dans le nuage de neige qui s'épuisait et achevait de retomber, puis elle a tournoyé sur elle-même comme une samare en plein vol, jusqu'à en perdre ses repères. Était-elle en train de danser ?

Il ne lui servait plus à rien de retourner à sa voiture et de reprendre la route, devait-elle penser en essayant de retrouver son équilibre pendant que les arbres se dressaient en oblique autour d'elle. Cette fois-ci, elle ne renoncerait pas. C'est ici qu'elle allait mourir, enfin, pas trop loin. Elle allait retrouver les caribous, ils lui montreraient le chemin. Elle n'avait qu'à suivre leurs traces. Si elle s'arrêtait, elle allait s'effondrer et s'endormir. Il fallait qu'elle marche, c'est ainsi qu'elle arriverait à bon port. La neige était épaisse. À chacun de ses pas, elle devait puiser au plus profond de son corps le peu d'énergie qui lui restait. Elle a avancé ainsi dans la forêt comme elle l'avait toujours fait, à bout de force, et je me demande si au moins une fois, durant cet interminable chemin de croix, elle a eu une pensée pour moi. Je pourrais l'arrêter dans son élan, la renvoyer dans sa voiture, à Montréal, chez moi, l'entendre me dire toutes ces choses qu'elle a passées sous silence, la faire revivre. Lui redonner vie comme je l'ai fait jusqu'à maintenant. Mais raconter, c'est aussi aboutir. Mettre un terme. Se taire et disparaître.

Ma mère a finalement débouché sur un lac, sans jamais retrouver son troupeau. Les traces des caribous se répandaient dans la neige et traversaient en son centre l'étendue d'eau gelée jusqu'à la rive la plus éloignée. Arrivées au milieu du lac, les bêtes semblaient avoir piétiné pendant un long moment, ce qui avait créé une sorte de tapis ovale sur le sol, où ma mère s'est laissée tomber, à bout de force. Ses yeux se fermaient malgré elle, comme si elle plongeait subitement la tête sous l'eau. Elle s'est assise en tailleur, puis a fini par s'étendre. Elle ne sentait plus le froid, ses mains avaient pris une couleur violacée. Elle avait l'impression de flotter, de s'enfouir tranquillement dans un cocon de ouate léger comme l'air. Des bouffées de vapeur disparaissaient aussi vite qu'elles prenaient forme en sortant de sa bouche. Puis ça lui est revenu, et elle s'est mise à réciter le poème à voix haute.

«Tous sortent de la mort comme l'on sort d'un songe / Les corps par les tyrans autrefois déchirés / Se sont en un moment en leurs corps asserrés / Bien qu'un bras ait vogué par la mer écumeuse / De l'Afrique brûlée en Thulé froiduleuse»

Derrière ses yeux clos, tout son être, au fil des battements de son cœur, semblait imploser et se résorber en une masse flottante dans la noirceur. Elle voyait les bateaux, sentait l'air salin, l'horizon qui se défilait comme une ligne d'arrivée.

« Les cendres des brûlés volent de toutes parts / Les brins, plutôt unis qu'ils ne furent épars / Viennent à leur poteau, en cette heureuse place... »

Elle allait se relever, se remettre à marcher, mais elle était bien là où elle était, dans tous les recoins du monde, à toutes les époques. Elle n'arrivait plus à ouvrir les yeux et sentait que son âme se réveillait au fur et à mesure que son corps s'engourdissait.

« Riant au ciel riant, d'une agréable audace »

Alors ma mère s'est mise à rire, ses paroles ont résonné longuement dans la nuit, de plus en plus faibles, de plus en plus espacées, d'abord prononcées avec conviction et ensuite chuchotées, jusqu'à ce qu'elles s'éteignent sans qu'elle s'en aperçoive. Elle était déjà ailleurs, ma mère avait toujours été ailleurs, par une sorte de prolongement sans fin, jamais en phase, toujours un peu derrière ou devant son existence. Comme une ombre.

« Tous sortent de la mort comme l'on sort d'un songe »

Au-dessus de son corps, le vaste ciel était saturé d'étoiles, semblables à des traînées de craie sur un tableau noir. Il y avait un peu de neige sur son visage blême. Elle s'est retournée sur son flanc gauche et a finalement pu ouvrir les yeux. Peut-être qu'elle nous a vus, mon père et moi. Peut-être qu'elle a voulu nous dire quelque chose, qu'elle nous a souhaité bonne chance pour la suite, que nous voir tous les deux ensemble l'a rassurée. Toute sa vie ma mère avait cherché à retourner quelque part, à retrouver ce jardin d'éden qu'elle n'avait jamais été en mesure de saisir ou d'imaginer. Quelque chose comme un manque, une trace, un pressentiment, un instinct. Elle avait enfin réussi.

VIII.

J'ai insisté pour conduire, mon père m'a laissé faire.
Qu'est-ce qu'on allait faire maintenant? Qu'est-ce qui
pouvait bien suivre? Plus rien n'avait de sens. Cette
phrase, je ne cessais de la répéter dans ma tête, aussi
rapidement que défilaient devant moi la route et le
paysage. Elle devenait de plus en plus absurde à mesure
que les mots n'existaient plus que par leurs sonorités,
qu'ils ne se résumaient plus qu'à des sons arbitraires
accolés les uns aux autres qu'on appelle langage. Du
bruit, voilà ce que c'était. Du bruit comme matière
première pour situer les choses dans le monde. Il fallait
que ça cesse. Mon père affichait toujours le même air
enflammé, ça empirait. Quand j'ai pris la 389 Nord, il
s'est tourné vers moi. Je n'ai rien dit, il savait où j'allais.
J'avais besoin d'aller jusqu'au bout, toujours tiraillé au
ventre par la certitude qu'il y avait autre chose, qu'il
devait y avoir autre chose, une raison qui m'échappait.
Je repensais au corps de ma mère allongé comme une
énigme sur la table en inox et j'avais envie de hurler.
Elle était posée sur la banquette arrière; elle me
rappelait sa présence comme un caillou pointu dans
une botte qui nous fait savoir à chaque centimètre
parcouru qu'il vaut mieux arrêter. Rebrousser chemin.
      — Y a rien là-bas.
   C'est ce que mon père a dit, mais je ne sais pas s'il
s'était véritablement adressé à moi. Il regardait par
la vitre. Il s'est tourné pour prendre ma mère et l'a
installée entre ses jambes. Il a posé ses deux mains sur

le pot Mason. De la même façon qu'il les avait posées sur la table au restaurant la dernière fois qu'on s'était vus, il y a de ça presque trois ans, avant de me dire qu'il n'endossait pas mon choix de me concentrer sur ma musique plutôt que de me lancer dans des études supérieures. Ses ongles longs et rêches comme du calcaire. Je m'étais levé, nos plats n'étaient même pas encore servis, et je l'avais laissé là, seul, enfoui dans sa barbe grisonnante. On ne s'était pas revus ni parlé avant qu'il ne me donne rendez-vous à l'église, quelques jours plus tôt, et qu'on entame ce voyage qui n'avait fait que s'alourdir au fil des heures. J'ai repensé à toutes ces routes qu'on avait parcourues ensemble durant nos vacances et depuis toujours. À son visage, dont j'avais le nez et les sourcils, qui s'était durci et bétonné à mesure que j'avais grandi. Jusqu'à ce qu'il se fonde, ce visage qui m'apparaissait à l'instant être mien, dans ces kilomètres d'asphalte et d'écailles, circulaires comme l'ouroboros qui nous avait propulsés là où on était rendus, côte à côte et pourtant si loin l'un de l'autre.

Le ciel était bleu marine, je ne l'avais pas vu s'assombrir pour faire place à la nuit, j'étais trop perdu dans mes pensées. Mon père regardait toujours par la vitre. J'ai tourné à droite sur la route en terre battue qui indiquait le lac de la Cache. Elle était cahoteuse et à peine déblayée. La carrosserie de la voiture vibrait de toutes parts, presque en passe de s'écrouler. À l'annonce de la mort de ma mère, j'avais consulté millimètre par millimètre une carte géographique sur Internet pour y retrouver sa trace, sans savoir à ce moment-là que je m'y rendrais. Je ne savais pas exactement où c'était, mais je savais que j'allais y aboutir. J'ai ralenti et me suis finalement arrêté ; la route sur laquelle on s'était aventurés débouchait sur un cul-de-sac. D'où l'on était, on pouvait discerner sur notre gauche l'immense étendue du lac derrière les arbres ; on était enfin arrivés à destination.

Il s'est écoulé un moment avant que je sorte de la voiture. Mon père respirait bruyamment. On regardait tous les deux devant nous. Il n'y avait rien au-delà du parebrise ; que la forêt, la pénombre et le son de lessive des essuie-glaces en mouvement. Quand j'ai ouvert la portière, mon père m'a agrippé le bras et l'a serré avec une poigne d'étau. Il me faisait mal, j'avais l'impression qu'il allait le casser. Je l'ai repoussé et j'ai attrapé au passage ma mère qui était toujours entre ses jambes. Je suis sorti de la route, ma mère sous le bras, et mes bottes se sont aussitôt enfoncées profondément dans la neige. J'ai entendu le son de la vitre électronique qui se baissait.

— Y A RIEN LÀ-BAS !

Le cri de mon père s'est longuement réverbéré ici et là avant de s'accrocher quelque part dans les branches des épinettes. Je me suis retourné et nos regards se sont croisés. Ses yeux étaient exorbités, blancs comme des balles de golf. Je devais y aller. Je me suis enfui aussi vite que je le pouvais, en faisant de grandes enjambées. La neige folle m'empêtrait, je manquais à tout moment de tomber. Les branches des arbres me fouettaient le visage au passage et me piquaient les yeux. Je n'y voyais presque rien.

J'ai trébuché dans un faux plat descendant et me suis étalé de tout mon long. Affolé, je me suis aussitôt redressé et me suis mis à fouiller dans la neige, à quatre pattes, pour retrouver ma mère. Je ne la trouvais pas. Je creusais comme un renard, enfouissant tête première tout mon corps dans la neige, jusqu'à la taille. Quand j'ai finalement mis la main sur elle, j'ai éclaté de rire, et ce rire qui avait commencé en petites saccades s'est transformé en balbutiements mouillés et grinçants. Je m'entendais émettre ces sons inhumains que je ne me serais jamais cru pouvoir faire avec mes cordes vocales, qui ne me semblaient pas de ce monde. J'ai serré ma mère contre moi et me suis relevé.

Je me trouvais en bordure du lac où elle s'était couchée, enfin je crois. J'ai avancé encore un peu, puis j'ai levé la tête. Je me souviens de m'être senti aspiré par la vastitude du ciel au-dessus de moi, comme si j'étais victime d'un enlèvement aux mains d'extraterrestres. Je volais dans la lumière et les stridulations et le noir, au même rythme que l'univers accélérait son expansion. L'air qui emplissait mes poumons était glacial, il n'y avait pas d'air, il n'y avait plus de limites ni de contours nulle part et j'étais tout petit, j'étais une minuscule absence qui filait comme une comète. Le temps humain n'était rien du tout à l'échelle du cosmos, et ce temps qui n'existait pas je le traversais les yeux perdus dans l'espace, comme propulsé par un souffle continu qui ne se traduisait plus en termes ni de fins ni de commencements ; on était déjà morts, morts des milliards de fois avant d'être nés. Notre temps était déjà passé, comme la lumière de ces étoiles éteintes qui nous parvenaient encore depuis l'infini.

— Y a rien ici. Quand est-ce que tu vas comprendre ça ?

Je l'ai senti juste derrière moi. Mon père pleurait. Je ne l'avais jamais vu ni entendu pleurer auparavant. Depuis combien de temps était-il là ?

— Tu t'imaginais quoi ?

— …

— Y reste juste nous deux.

La colère s'était faufilée au travers de ses pleurs, elle avait toujours été là. Chacune des syllabes que mon père prononçait grondait et éclatait, elles me transperçaient de bord en bord.

— Depuis qu'on est partis qu'tu cherches… Tu t'es jamais dit qu'y avait rien à trouver ? Ça t'est jamais passé par la tête ?

Il a repris de plus belle, j'avais de la misère à saisir ses paroles au travers des sanglots rageurs et hurlants qui lui sortaient du corps comme des vomissements acides.

— Ta mère, elle m'a laissé tomber… Elle nous a laissé tomber… C'est tout… J'ai tout fait… Elle nous a abandonnés.

— Non…

— C'est ça qu'elle a toujours voulu.

— Non.

— ÉCOUTE-MOI !

Puis tout a explosé. Il m'a sauté dessus, m'a arraché ma mère des mains. J'ai crié, et lui aussi, tous les deux impuissants devant l'inévitable. Le pot que je tenais fermement a éclaté, juste au moment où mon père parvenait à me l'extirper des mains. Il y a eu du sang. Les cendres ont été soulevées d'un coup dans les airs comme les exhalaisons d'une locomotive à vapeur. J'ai vu le nuage. Ma mère nous a enveloppés, ses restes les plus lourds se sont répandus dans la neige. J'en avais partout sur moi, mon père aussi. Il était tombé à genoux, il me montrait le sol du doigt, prenait la neige souillée entre ses mains. Il la lançait au bout de ses bras, la triturait entre ses doigts. Il hurlait, ses larmes traçaient des sillons sur son visage plein de cendre, il hurlait que c'est ce que ma mère voulait et qu'il n'y avait rien d'autre, que c'est ce qu'elle avait été toute sa vie, de la cendre, il hurlait de n'avoir pas pu, de n'avoir pas su… Je n'ai pas pu me retenir plus longtemps, je voulais qu'il se taise.

Je lui ai donné un coup de pied dans le ventre. Il n'a pas eu le temps de se relever. J'étais déjà sur lui. On a roulé d'un côté, puis de l'autre. Je ne savais plus qui était qui, jusqu'à ce que je me retrouve par-dessus lui, que je ressente mon être de façon distincte de nouveau, et que je parvienne à immobiliser ses deux bras. Mais mon père ne se débattait pas, j'attendais qu'il résiste, qu'il me donne en quelque sorte la permission, mais il ne bougeait plus. Avant de succomber à la violence, j'ai lu la résignation dans son regard. Le premier coup a claqué comme une bouteille de plastique qui tombe sur le plancher. J'ai revu la tête du chevreuil que j'avais décapité chez ma mère, j'ai vu mon visage comme un masque parfaitement moulé au sien, j'ai aperçu notre faciès s'élever dans les airs et sourire avec ses dents luisantes et cassées. Et j'ai frappé de plus belle. J'avais les jointures en sang, je ne savais pas si c'était le mien ou le sien. Il avait les mains sur mon cou et sur mes joues, mais il ne serrait pas, j'avais au contraire l'impression qu'il cherchait à me caresser. Mon père me répétait d'arrêter, sa voix n'était plus qu'un sifflement, puis il s'est tu. J'ai cogné de plus en plus faiblement, jusqu'à ce que je m'essouffle et que je bascule sur le dos, dans la neige.

Pendant un instant, je me suis demandé s'il était mort, mais ça n'a pas duré, il y a eu un mouvement. Mon père s'était mis à cracher, il s'était retourné sur le côté et me tournait le dos. On est restés longtemps étendus tous les deux comme cela. Un temps incalculable. Alors que le froid commençait à me crisper les os, j'ai senti son bras passer sous ma nuque et m'attirer contre sa poitrine. Sa main dans mes cheveux défaits. Je n'avais plus de force, mes yeux se fermaient, j'allais m'endormir.

— Laisse-moi pas tout seul ici.

J'avais le visage engourdi.

— … Toi non plus.

Ses lèvres tuméfiées se sont collées à mon front.

— J'ai besoin de toi.

Je ne sais plus lequel de nous deux a prononcé cette dernière phrase. Tout était calme autour de nous. Le ciel ne tournait plus, il n'avait plus sa profondeur abyssale et vertigineuse. Le mot « perpétuer » m'est apparu comme une luciole dans la noirceur. Et je l'ai trouvé beau. Beau parce qu'il contenait « tuer ». Ce verbe définissait en lui-même la condition humaine, son caractère transitoire ; mû par un élan de vie et de mort, de rappel et d'oubli... Mourir et perdurer. Une branche a craqué, elle s'est effondrée dans la neige au loin dans la forêt, mais ni mon père ni moi n'avons levé la tête.

Achevé d'imprimer en septembre 2016
sur les presses de
Marquis imprimeur

Dépôt légal : 3ᵉ trimestre 2016

Imprimé au Canada